카피라이터가 써내려간 **감성 에세**詩

그대
잊는 법을
잊고 사는

―――――――――님에게

⋮

글·노래 **문 영**

"두 번째 인생에서, 두 번째 책을 "

제가 몰던 차는 거짓말처럼,
마치 장난감 자동차처럼
절벽을 구르고 있었습니다.

사람이 이렇게 허무하게 죽을 수도 있구나 생각한
그 찰나 같은 순간에도,

저는 여기서 생을 접기에는
참 억울하고, 아깝다라는 생각이 들었습니다.

만약 다시 살아날 수만 있다면
하고 싶은 것 모두 해봐야겠다고 생각한 순간,
저는 기적적으로 목숨을 구했습니다.

이후 작은 시집을 출간했고,
단역으로 영화에 출연했으며,
대중 강사로 데뷔했으며,
좋아하는 트로트 음반도 출시했습니다.

누가 알아주든 알아주지 않든
제 자신과 한 약속을 이루려 꾸준히 노력하다 보니,
이렇게 따뜻하고 아름다운 사람들 무리 속에서
행복하게 머물게 되었습니다.

솔직히 이 나이까지 카피라이터 일을 하게 될 줄은 몰랐지만,
누구보다 치열하게 살아 온 것에
그래서 세상을 바라보는 혜안과
세상을 읽어내는 감각을 잃지 않고 살아온 것에,
그저 많이 감사할 뿐입니다.

오늘.. 소중한 꿈 하나를 이루었다 해서,
내일.. 새로운 꿈을 꾸는 일이 멈추지 않을 것임을
두 번째 사는 제 인생에게 겸허히 약속해 봅니다.

지금 이 책을 펼쳐주신 여러분께 깊이 감사드리며.. *

문 영 올림 *Young*
2018.1.3

남다른 끼(氣)가 있는 사람은 뻔뻔하고 열정이 넘친다. 뻔뻔하다는 것은 진정한 용기가 있다는 말이다. 이러한 용기는 그냥 생기는 게 아니다. 그 동안 축적된 경험과 지적성장의 표출이 솟아나는 것이다. 그런 점에선 나와 많이 닮았다.

내가 문영 작가를 처음 만난 건 광고회사에서이다. 당시 그는 '카피라이터'요, '크리에이티브' 책임자였다. 쉽게 말해 창의성을 다루는 브레인이었다. 그랬던 그가 몇 년 전부터인가, 그의 본연의 잠재된 끼를 발휘하기 시작했다. 에세이를 쓰고 작사를 하고 노래를 부르며 청소년교육 강연자로서, 마케팅 프리젠터로서, 강단과 무대를 넘나들며 팔색조(八色調)처럼 변모하는 인생을 살고 있다.

우리 인간에게 완벽한 것이란 없다. 완벽함이란 더 이상 더할 것이 없는 상태가 아니라, 더 이상 뺄 것이 없는 상태를 말한다. 완벽하지 않기 때문에 항상 빈 공간이 있다. 따라서 그 부족한 부분, 부족한 공간이 있음을 받아들이고 감사하면 우리 생각의 빈 자리는 조금 더 쉽게 채워나갈 수 있다. 문영 작가는 그것을 알고 있는 듯하며, 그의 열정은 지금도 ing중이다.

새삼 〈랄프 존슨〉의 명언이 떠오른다. "우리가 내일 추수하기를 바라는 열매는 오늘의 씨앗 속에 숨어 있다. 우리가 내일 달성해야 할 목표나 해결해야 할 문제는 오늘의 근면, 희망, 믿음 그리고 선행에 달려 있다." 문영 작가의 끊임없는 도전과 열정에 격려와 찬사를 보내는 바이다.

● 정 균 화

現아시아타임즈 신문사. 서울복지신문사 명예회장
前 제일기획, 금강기획, 나라기획 대표이사

우선 이렇게 아름다운 책을 세상 밖으로 던지시는 문영 작가님께 감사, 고마움, 존경의 마음을 담아 인사드립니다.

이 책은 한 권의 에세이지만, 제가 감사와 고마움, 배려, 나눔, 감동을 담아 내어 마음을 토닥여 줄 치유의 잠언서라 명하고 싶은 까닭은, 공간을 뛰어 넘어 공감하며 공명을 일으키는 책이기 때문입니다.

공명이란 본시 도미노 현상과 같은 것이기에 한 사람의 공명은 마치 바이러 스처럼 연쇄적으로 일어나는 바, 이 책은 바로 공명을 통한 치유의 바이러스 가 퍼진다는데 그 가치와 의미가 있다고 생각됩니다.

단호하게 말하지만, 이보다 더 사람의 마음에 울림을 던지는 값진 책이 있을까요?

이 책을 통해 많은 사람들이 나와 같은 감동과 감사, 고마움을 느끼며 가슴 깊이 아름다움을 새기며, 빛깔 고운 치유의 시간이 될 것으로 확신합니다.

• 김 성 곤
(주)시나브로 아카데미&컬처 (주)시나브로 플랫폼
시나브로 독서문화진흥원 대표

꿈. 꿈을 꾼다. 꿈을 이루다.

But. 누구나 꿈을 꾸지만 꿈을 이룬다는 건 그렇게 쉬운 이야기는 아닙니다. 저마다 행복을 꿈꾸며 일생을 살아가지만 삶에 대한 무게로 꿈을 져버리는 일은 그냥 우리들의 살아가는 일상이 되버렸습니다. 하지만 그 속에서도 나만의 방식으로 꿈을 이루려 진정한 용기를 품고 일생을 노력하는 우리의 영웅이 있어 소개합니다. 〈문영〉.

광고 카피라이터로 시작해 독특한 강연 콘텐츠로 최고 인기강사 반열에 오르기까지, 본인이 꿈꾸고 이루고 싶은 건 다 성취하도록 노력하는 〈문영〉.

제가 음악 감독 시절, 광고 대행사 이사님으로 연을 맺고 일하던 중 자신의 노래를 갖고 싶다며 직접 쓴 가사를 갖고 제게 찾아왔었고, 상상 이상으로 가사말이 너무 좋아 대체 이 분의 예술적 감각은 어디까지일까 상상하며 곡 작업을 함께 하고 음반을 출시한 바 있습니다.

이제 그 이름 앞에 또 하나의 수식어가 자리합니다. 감성 에세詩人 〈문영〉! 그의 에세이집 〈나 그대 잊는 법을..잊었노라〉는 누구나 가슴 속에 담아둔 우리들의 사랑과 이별 이야기이며, 점점 메말라가는 아날로그 감성 지수를 다시금 채워주는 글들이라 생각됩니다.

〈문영〉작가! 그는 이제 이름 앞에 열정의 수식어가 가장 많이 붙어있는 사람으로, 저와 같은 세대를 살아가는 멋진 친구라 부르고 싶습니다.

● 최 수 민
수 엔터테인먼트 대표

詩는 마음이 순수한 사람이 쓰는 장르라고 들었습니다.

어언 10여년을 곁에서 함께 일하며 지켜 본 문영 상무님은 광고적 기획 역량도 뛰어나지만 특히 강연과 글을 쓸 때, 특히 무대에 섰을 때, 그 빛나는 존재감을 뿜어내는 분이라 생각합니다.

가난한 어린 시절부터 시작해서, 한 사람의 성인으로 성장하는 동안 겪은 파란만장한 이야기들을 잘 알고 있는 저로서는, 이번 책이 남다른 소회와 뿌듯한 감정으로 다가옵니다.

문영 상무님의 굴곡있는 삶을 살아내고 버텨 낸 경험과 시련, 고난들이 오늘의 이 책에, 글속에 보석처럼 연마되어 표출되어 나온 듯합니다. 그래서 노랫말로 쓰여져도 손색이 없을 만한 우리네 인생의 스토리들로 꽉꽉 담겨 있는, 그의 자서전 같은 책이라고 생각됩니다.

이 분의 치열한 삶을, 치밀하게 목도한 사람으로서, 이 책이 여러분들에게 잔잔한 감동과 따스한 힐링을 가득 안겨 줄 것이라 저는 믿어 의심치 않으며, 이 책이 서점에 깔리는 그 날, 저는 문영 상무님과 소주 한잔 기울이며 그의 노고를 치하하고, 그의 어깨를 어루만져 주고 싶습니다.

• 강 경 우
광고회사 레드코뿔소 커뮤니케이션 CD

●
차
례

〈일러 두기〉

1) 표지의 QR 코드를 스캔하시면 문영의 〈그립다〉 노래를 들으실 수 있습니다.

2) 〈..*〉로 끝나는 표기는 카피적 상념을 여운으로 표현한 글 마침 형태임을 일러둡니다.

사랑의 意味

시인의 가슴으로 걸어 올린

Part 1
사랑편 · 詩

강촌역(驛)을 향하다..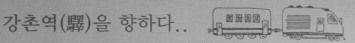

기차에 타자마자,
내 심장은 흘러간 추억을 재빨리 소환했고
풋풋하던 그녀의 젊음과 용케 해후했다..

순간 힘차게 달린 것은 기차 바퀴가 아니라
한때 별처럼 빛나던 내 청춘.
아직도 귓가에 선명한 세고비아
기타의 맑은 선율. 푸른 날의 아우성이었다..

잠깐 졸았던 것일까..
그윽한 달빛 속의 나는
매캐한 모닥불 속에서도
수줍게 그녀의 입술을 훔치고 있었고.

수탉의 힘찬 날개짓에 깨어난 너와 난
자욱한 안개 속에서도
차마 서로의 얼굴을 보지 못하여
애꿎은 물수제비만 띄웠다..

처음 달에 도착하듯, 내가 역에 내렸을때..
청춘의 아름답던 추억들은 오직 앨범 속에만
끼워져 있음을 이내 알아차렸지만
한 가지 소득은 있었다..

역은.. 사람들이 떠나기 위해 존재하는 것이 아니라,

역은.. 사람들이 만나기 위해,
너와 나의 사랑을 기억하기 위해
존재하고 있음을..*

손..

차가운 세상에 태어나
내가 손으로 한 일들..

하이파이브, 엄지척, 악수, 약속..

그래도 그 중에서 가장 잘한 일..

외로이 울고 있던 그대,
손 잡아 준 일..*

홍옥아..

내가 탐낸 것이
너의 빨간 육체만은 아니기를..

청명한 하늘 아래 맑은 이슬 머금고
희망의 나뭇가지 간절히 매달려 있을 때부터
만유인력 따윈 상관없는 당김이 있었다..

날카롭게 수줍게 스스로를 깎아내리면서
너와 나를 위한 조각으로 쪼개지던 순간
나를 응시하던 향기로운 눈동자여..

너의 진한 사랑이 오감의 즙으로 흘러내려
척박했던 내 몸을 적셔가고 채워갈 때쯤에서야
붉은 너의 이름 기억했네..

오랜 시간 보석처럼 빛나는 품종이라 하여
그대 이름 〈홍옥紅玉〉이라 불리웠음을..*

이별 후회..

수화기 너머 바이올린 현처럼 떨리는 목소리.
그렇게 기쁜 일 슬픈 일 있을 때마다
내게 전화할 거면 차라리 이별이나 마시죠..

당신 맞죠..

술취한 담날이면 내 핸폰에 하얀 눈처럼
수북히 쌓인 보고 싶단 문자..
사랑했던 순간은 잊었어도 함께 했던 추억은
독한 술로도 지울 수 없었나 봐요..

나를 갖고 싶다는 선언보다
나를 지켜주겠다는 그 약속을 믿었습니다..

같은 하늘 아래 살아줘서 고맙다는 인사,
내 행복만을 빌겠다는 虛言, 모두 사양합니다.

오직..!

겁없이 나를 버린 죄(罪),

영원히 나를 잊지 못하는 벌(罰)로
대신하니 받으소서..*

몽(夢)..

이제 원대한 꿈을 꾸라 해서,

꿈을 품으면 꿈이 이루어진다 해서,

꿈을 이루면 난 누군가의
꿈이 된다 해서 꿈을 꾸었더니...

꿈 속에서 보이는 건
온통 그대뿐이더라......!

Please.. (feat. 되도록..)

누구나 詩를 쓸 수는 있지만..
아무나 시를 쓰진 않았으면 좋겠어요..

모두가 詩를 쓸 수는 있지만..
아무렇게나 시를 쓰진 않았으면 좋겠어요..

詩는..

이도령이 춘향이를 만나러 달려갈 때의 보고픔.
흥부가 주걱으로 따귀를 맞았을 때의 서글픔.
길동이 아비를 아비라 부르지 못할 때의 서러움.
심청이 임당수에 몸을 던질 때의 간절함을 아는 이가...

날 버리고 떠난 님인데도 그리워 미칠 것 같은 마음,
김치가 익고 익어서 세상 향해 솟구치고 싶은 마음,
할 이야기가 보름달처럼 차올라 넘칠 것 같은 마음,

그런 마음 될 때까지 기다렸다가 꾹꾹 눌러서
한땀한땀 써내려 갔으면 좋겠어요..

詩가 시시해져버리면,
詩가 시들해져버리면,
사람들 마음 기댈 곳.. 더 이상 없기 때문에..*

사랑의 3심 제도..

사랑을 시작함에,
〈3심〉이 있었으면 좋겠네.

– 나 당신을 **만나도** 좋은지..
– 나 당신을 **좋아해도** 되는지..
– 나 당신을 **사랑해도** 괜찮은지..

이별의 문턱에서도,
〈3심〉이 있었으면 좋겠네.

– 나 당신과 **헤어져도** 좋은지..
– 나 당신을 **잊을 수** 있는지..
– 나 당신 말고 다른 사람을
   사랑할 자신이 있는지..*

P.S: 내 사랑의 시작과 끝을
     변호해 줄 사람,
     세상 그 어디에 없는가?

서산에서..

누가 서산을 해가 지는 곳이라 했던가..
그 날의 서산은 힘차게 동이 트는 마을,
가슴이 청춘으로 물들어 가는
붉은 노을의 날이었다.

오래 전에 만난 사람들이었음에도
처음 본 것처럼 설레고 반가운 몰입,
독한 술 한잔쯤이야 약이 되는 시간이었다.

밤새 부른 노래는 우정의 메아리,
함께 치는 박수는 희망의 울림,
쉼없이 터져나오는 웃음은 축제의 헹가래..

잊을 수 있겠는가?
내일이 오늘이기를,
끝남이 시작이기를,
우리의 열정이 영원하기를,
미칠 만큼 소망했던 그 순간을..

석양의 명령이다!

식지 않을 뜨거운 추억을 원한다면
당신도 지금 서산으로 가라!..*

꽃 길..

다들
꽃길만 걸어라
꽃길만 걸어라
하시는데..

그대 없는 꽃길이
무슨 의미가 있을까요?..

그 길은 어두운 길,
막힌 길,
험한 길..

그대 손 꼭 잡고
걷는 그 길만이..

제겐 오롯이 꽃길인 것을.. *

희망 致死..

죽이지 그랬니..

총으로 쏘고 칼로 찔러야만
사람을 죽이는 거니?..

잊으라 하지 그랬니..

내일이면 올 것처럼 모레면 웃을 것처럼
피를 말려 죽여도
사람을 죽이는 건 마찬가지..

이게 살아도 사는 거니..

차라리 돌아서라고
차라리 떠나라고
그때 큰소리로 날 버리지 그랬니..*

이렇게 살아내면서도, 네가 돌아온다는 희망을
버리지 못하는 내가 진짜 죽일 놈이다..

밧데리..

내 핸드폰 밧데리가..

2년여를 지나가니까
그 수명이 다한 듯하다..

아무리 기를 쓰고 충전하려 해도
충전을 거부한 채,
방전만을 거듭하고 있다..

핸드폰 밧데리조차 어쩜 이렇게..

사랑의 호르몬 수명과 정확히
일치하는가?..*

총각김치..

이젠 잊혀진 그 이름 생각하며
너를 한입 찐하게 베어물 때
혀끝까지 전해지는
핏빛같이 화려했던 全盛期 한 조각이
虛한 가슴으로 관통하는구나..
매서웠던 버려짐 때문일까
잔인했던 헤어짐 때문일까
미련함인지 아련함인지 모를 아픔만이
버무려진 밥상에서 갑자기
떠나간 님의 얼굴 보고플 줄이야..
싱싱하다 붙여진 너의 이름일 텐데
푸르르다 생겨난 너의 이름일 텐데
오늘의 나만큼은 세월 앞에 고개 숙인채
꾸역꾸역 추억만을 밀어넣고 있구나..
다시는 돌이킬 수 없는 무딘 알통 바라보며
마늘 같은 외로움을 찢어내고 있구나..*

오고 있지?....

봄아 너..

오고 있는 거 맞지?..

아직은 차운 바람 사이로
실개천 얇은 얼음 사이로
울아빠 도톰한 점퍼 사이로
살구빛 여인네 가슴 사이로

살포시 스며들고 있는 거 맞지?..

이번 겨울은..
주체할 수 없이 네가 그리워
몇 번이나 달력을 들춰보곤 했구나..

이젠 눈송이가 **꽃송이**로 바뀌어도,
너의 얼굴이 아른거려
내 몸이 **나른**해져도 좋으니,

봄아 너..

이미 오래 전 너를 마중 나가
소식없는 내 마음,

함께 데려오기나 했으면..*

春(봄)

봄은.. **김광석**이고
제임스딘이고..

또는 나의 사랑 그녀이다..

너무나 짧은 만남이었기에,

더욱 애틋할 뿐..*

종이꽃..

그대 귓가에..
얼마나 더 바스락거려야
내 마음 알아줄까요..

그대 눈가에..
얼마나 더 찬란하게 피어나야
내 사랑 받아줄까요..

진짜 향을 내고 있음에도
아무도 믿어주지 않는 내 이름 때문에
여름을 기다리지 못하고 봄에만 피는 꽃..

진짜 피어나고 있음에도
누구나 의심하는 내 이름 때문에
날마다 눈물 떨구지 않으면 시들고 마는 꽃..

항상 곁에 두겠다는 이유로
나를 말려 죽일 생각은 말아요..

찰나를 살더라도 그대 가슴에는
오직 눈부신 꽃으로 남고 싶기에,

종이꽃이라 불리는 나의 꽃말은
〈영원히 기억하라〉임을 잊지 마소서..*

종이꽃: 국화과 꽃. 일명 바스라기 꽃이라 불림.
봄철에 엷은 분홍색으로 피어남.

부겐베리아
꽃을 보다가..

누군가의 가슴에 꽂혀야 꽃이겠지,
핀다고 다 꽃이더냐..

한떨기 꽃을 보았을 뿐인데
숨 막히는 산수절경이 함께 보이네..

커다란 화분은 어디로 가고
황홀한 자태만 내 눈을 취하게 하는가..

찬란한 봄에 눈부신 향기를 내뿜으려고
겨울잠을 청해 자는 유일한 꽃..

그대는 미처 이름을 부르기도 전에
내게로 와서 **꽃 중의 꽃**이 되었구나..

비(雨)..

쏟아지는 비라 할지라도
날 때리지는 마라..

떠나간 사랑으로 가뜩이나 아픈 가슴
너마저 살갗 속을 헤집고 스며들어서야 되겠는가..

흩날리는 비라 할지라도
날 건들지는 마라..

슬픔으로 가라앉은 내 어깨 툭툭 친다고
행여나 그대 돌아왔을까, 달려갈 줄 알았는가..

그치지 않는 비라 할지라도
날 젖게 하지는 마라..

그리움에 넋 잃고 통곡하는 이에게
우산 되어준 적이 없다면.
더더욱 나를 향해 세찬 눈물 뿌려대지 마라..

비라 할지라도,, 누군가를 사랑했던 내 기억
깨끗이 씻겨내지 못할 거면.

비야..그렇게 하염없이 흘러 내리지 마라..*

먹(墨)..

너를 향해 **칼**을 갈 수도 있지만,
난 **먹**을 갈아 보련다..

세상을 향한 알 수 없는 분노로 흐뜨러진 마음을
꾹꾹 여미고 다스려 까치가 날아오를 때 흘린 듯한
땀 모아 천천히 먹을 갈다 보면,
이 질긴 미움도 원망도 **까맣게** 잊혀지지 않겠는가?..

너를 향해 **이**를 갈 수도 있지만,
난 **먹**을 갈아 보련다..

세상을 열심히 살아냈음에도 차이고 버림받은 마음을
다시금 다잡고 달래는 젊음들이 목놓아 흘린 듯한
눈물 모아 천천히 먹을 갈다 보면,
오늘을 사는 또 다른 의미가 **빛**처럼 번져가지 않겠는가..

발자국을 남기려 하기 전에,
이름을 날리려 하기 전에
내가 먼저 묵묵히 했어야 할 그 일..

그래.. 세상을 향한 미움이 **닳아**질 때까지,
그 원망이 **얇아**질 때까지,

헤진 가슴 **먹먹**하도록
내 천천히 밤새 **먹**을 갈아 보리라..*

나 너 없이는..

시계는 살 수 있지만,
'시간'은 살 수 없고..

황금은 살 수 있지만,
'지금'은 살 수 없고..

사람은 살 수 있지만,
'사랑'은 살 수 없다..고?

그런 한가한 소리 하지들 마라..

난..
너 없이 한평생 **'살 수'**가 없구나..*

건망증..

처음 하는 사랑도 아닌데,
늘 서툴고..

처음 겪는 이별도 아닌데,
늘 아프다.. *

반쪽 사랑..

내 사랑을 지키려고
그에게 벨트를 사주었다..

예쁜 구두가 눈에 밟혀
그에게 구두를 사주던 순간,

신발 사주면 사랑이
도망간다는 말이 생각났다.

그래서일까?

그는 내게 정확히 50%만
마음을 주고 있다..

이런 젬병..

새벽 이슬..

얼마나 더 매달려 있어야 되나요..
메마른 그대 가슴에..

얼마나 더 맺혀 있어야 되나요..
차갑기만 한 그대 심장에..

달보다 별보다 더 반짝거려야 하는 운명..
아침보다 일찍 깨어나
당신의 행복만을 기도해야 하는
이 모진 숙명..

이젠 그리움에 지쳐 자꾸만 힘없이
떨어지려 합니다..
이젠 보고픔에 지쳐 자꾸만
사라지려 합니다..

이 눈물 스며들면 당신 앞에 놓인 바위도 뚫고
이 눈물 적셔가면 당신 앞에 놓인 어둠도

환희로 채워지련만..

아침을 잊은 이여..

한 번쯤은 방울이 물보라 되고
강이 바다가 될 수 있다는 기적을 믿으소서..

한낮의 태양보다 더 찬란한

흔들리는 나뭇잎보다 더 질긴
영롱함 가득한 내 사랑..

**이젠 받아주소서..*

미스티 내 사람아..(feat. 지진희)

내 슬픈 예감은.. 한 번쯤 틀려도 좋은 거 아닐까..

당신이 나를 배반했다는 흔적은
사방에 흩어져 있는데..

내가 당신을 사랑했다는 기록은
하늘 아래 어디에도 없구나..

안개처럼 미세하게 파고든 당신이었지만
그저 구름처럼 포근히 머물다 가기를 소망했지,
먹구름 장대비로 내 심장을 때리길 원하진 않았다..

善과 惡의 경계선에서, 욕망과 원망의 일탈 앞에서,
당신이 한없이 높은 곳만 올려다 볼 때,
땅에서 뿌리채 흔들리던 내 사랑이여..

지켜주고 싶은데, 지켜줄 고백을 듣지 못해서
내가 당신의 죄를 사할 수 없음이 그저 안타까울 뿐..

세상에 영원한 것은 없다지만,
당신을 기다리며 들었던 등불 아래의 음악과
당신을 사모하며 흘렸던 베개 위의 눈물만큼은
내 오랫동안 견뎌내지 못할 슬픈 추억으로 남긴 채

나 홀로 안개 속으로.. 아픈 길 떠나리라..*

헤어 짐..

"사람이 온다는 건 사실은 어마어마한 일이다.
한 사람의 일생이 오기 때문이다"

– 정현종 詩 〈방문객〉 중에서 –

오늘 난 누군가와 작별을 했으니,
한 사람과 헤어진다는 건
실은 더 어마어마한 일인지 모르겠다..

그 사람의 일생이 갈 뿐 아니라,
나의 과거와 현재와 미래는 물론
내 영혼도 송두리째 함께 떠나는 것이기에..

어우러〈짐〉을 지켜내지 못했다면..
어떤 말로 포장하고 위로해도

헤어〈짐〉은 만남보다
참 무거운 〈짐〉일 수밖에 없다..*

사랑의 청진기..

"저런,, 〈사랑 3기〉입니다 .

돌이킬 수 없습니다.
받아들이세요.

그냥 죽는 날까지,
그 사람을 사랑하는 방법밖에는

별다른 치료 방법이 없습니다."

사랑 싸움 E N D..

나 때문에 **펄펄** 끓지 말고..

너와 함께 세상을 **훨훨** 날았으면
좋겠다는 마음이니까..

우리 오늘 앙금을
훌훌 털어버리자꾸나..*

남山 사랑의 자물쇠..

예쁜 자물쇠 하나 달랑 걸어놓는다고
사랑이 굳게 채워질 수만 있다면 얼마나 좋겠니..

남山 꼭대기에 달려있던 너와 나 사랑의 약속은
어느덧 녹이 슨 채로 하염없이 흔들리고 있고,

서로의 아름다운 구속을 풀어 줄 열쇠조차
아무도 찾지 않는 언덕 기슭 한 구석에 버려져 있구나..

올라가면 잠시 머물다 내려와야 하는 게 山이듯,
사랑의 자물쇠 무게와 사연이
어찌 남山보다 무겁고 깊을 수야 있겠는가..

철조망에 도착하기 전 우린 깨달았어야 했다..

사랑은 금속 위에 적는 게 아니라 늘 마음에 새겨야 함이고,
사랑은 녹슬기 전에 윤이 나도록 늘 닦아 놓아야 함을..

무엇보다 사랑이란..!

꽉 잠가 놓기보다는 늘 열어 놓아야 하는 것임을
너와 난 아프게.. 깨달았어야 했다..*

봄..

이젠.. 나 너의 얼굴을 보고 싶구나..

봄은 너를 바라 봄
봄은 너를 만져 봄
봄은 너를 느껴 봄의
意味를 갖고 있기에!

이젠.. 봄이 오면 후회없이 나 내 님을 실컷,

바라보고
만져보고
느껴보리라..*

두 부 사 랑..

세상 앞에서 늘 단단하자 마음 먹었건만,

처음 본 당신 앞에서

이렇게 쉽게 부숴질 줄이야..!

불면증.. 定義 ..

해와 달은 물론이거니와,

별과 바람까지 잠재우고,

그대 먼저 잠든 것을
확인하지 않고선

도저히 잠들 수 없는
상태를 일컬음..*

詩를 쓰는 까닭..

소설로 쓰자니
그대와의 사연이 너무 길어서..

수필로 쓰자니
그대와의 사랑이 너무 깊어서..

나.. 결국 詩를 쓰고 있습니다..

그대에게 내 맘 **조금만** 보여주고 싶어서..

그대에게 내 맘 **전부를** 들키긴 싫어서..

．
．
．

나.. 결국 詩밖에 쓸 수 없었습니다..*

내게 노래란..

초등생 아들 하나 바라보며 시멘트처럼
하루를 견고하게 버티던 모친도
집에 돌아오면 와르르 무너지셨다..

정신은 선명하셨으되
손가락 하나 까딱할 힘도 없이
들숨날숨을 한숨처럼 몰아쉬던 모친은,

내가 목터져라, 피터져라 연습했던
나훈아 남진 이미자 노래를 듣고 나서야
오뚜기처럼 벌떡 일어나
하얀 밥과 빨간 두부찌개를 만드셨다..

내게 노래란 생존의 **밧줄,**
내게 트롯이란 생명의 **밥줄**이었기에..

어른이 된 지금, 흥겨운 트롯을 부르고 있을 때도
가슴 속엔 자꾸 엄마가 배어나온다..

노래하는 가슴 속엔
빨간 두부찌개가 부글부글 끓고 있다..*

왼손 깃발..

맑은 하늘에 휘날리는 것만이
깃발이겠는가..

푸른 바다에 휘적거리는 것만이
돛이겠는가..

병실에 들어서는 나를 보면
잊지 않고 흔들어 대는
어머님의 왼쪽 손목이

내겐 그 어떤 휘날림, 몸부림보다
강력한 사랑의 깃발이었었음을..*

우리가 때론 바다가 그리운 이유..

한세상 살아내면서,
사람들이 간혹 바다가 그리운 까닭이
바다 海자에 어미 母자가
들어있기 때문이라지..

헌데 우리 어머니 이름이,
이 海 숙…

당신이 오늘 그렇듯,
나도 오늘 **바다(海)**가 무척이나 그립다..＊

선인장 앞에서..

누군가를 사랑하는 그 마음도
너무 뜨거워 감당하기 어려웠을 텐데.

얼마나 맺힌 게 많았기에
펄펄 끓는 사막 한 가운데
까칠한 모습으로 박혀 있단 말인가..

사랑을 외면했던 그 사람의 모진 가슴을,
어떻게든 긁고 싶어서, 찌르기 위해서

그 눈물.. 삼킬 수도 없는
아픈 가시로 돌아났더냐...!

물..

우리 몸의 **70%**는 물,

건강을 위해
하루 1.5 리터의 물을 마셔야 한다고..

그대 보고픔에
하루 3 리터의 눈물을 쏟는 나는
어떡하지?..

아마도 내 몸의 **70%**는
그대 생각뿐인가 봐요..*

시 소..

내가 내려가면
당신이 솟구치는 것을 보다 깨달았네..

나를 낮추니까
당신은 하늘처럼 높아진다는 것을..

내가 멈추니까
당신은 태양처럼 빛이 난다는 것을..

허나..

내가 그 자리를 지키고 있지 않는다면
당신은 땅으로 추락하고 만다는 것..

그것 또한
당신이 늘 잊지 않았으면 좋겠네..

커피는.. Mix다..

겨울날 오후 3시의 나른함처럼
우리 사랑에도 피로가 몰려왔을 때.

펄펄 끓지는 않아도 아늑하고 은은한
너의 입김과 향기가 간절했다..

사실 늘 마주하고 있었음에도,
다가섬에 서툰 너와 나의 마음도
브라질의 까만 커피콩처럼 타고 있었을지 모를 일..

물론 처음엔 아름다운 물과 격한 불로
블랜딩한, 정갈하고 신선한 사랑의 시작이었지..

한잔의 커피조차 수많은 걸러짐과 익어감을
감내하는 것임을 잊은 채,
사랑도 우아하게 피어오르고 흘러내릴 것이라
기대한 것이 어리석었을 뿐..

오늘 우리의 전쟁을 끝낼 이것만 되새겨 보자..

고상한 이름으로 불리워지고 담겨지는 커피만이
커피의 존재 이유가 아니듯,
우리의 사랑은 애초에 잔이 아니라 컵이었음을..

서로 끊임없이 섞여지는 의무를 갖고
태어난 Mix 커피 같은, 그런 용서의 사랑이었음을…!

커피 속 얼음이
내게 말하길..

날 아프게 깨물지 말아요..

깨물어 버리는 건 욕심이지만,
어루만지는 게 사랑이잖아요.

날 거칠게 조각 내지 말아요..

부서뜨리는 건 찰나이지만
지켜내는 게 사랑이잖아요.

그대의 입술은 부드러웠으나,
늘 인내심이 부족했고..

그대의 혀는 달콤했으나,
사랑을 감싸 안기엔
뜨겁지 못했죠..

바라기는..

제발 나를 천천히 녹여줘요..
내 사랑 그대 무딘 심장에 알알이
스며들 수 있도록..

제발 나를 골고루 핥아줘요..
내 사랑 그대 살결에
온전히 번져
빛처럼 흘러갈 수 있도록..

여름 휴가의 본질..

물이 시원해 바다를 가는 것이 아니다..
숲이 쾌적해 산을 가는 것이 아니다..

내가 열렬히 원했던 사람,
나를 열렬히 원하는 사람과
떠나는 휴가가 아니라면,

하와이도 알프스도 의미없다..

휴가는 본질적으로..

시원함이 중요한 게 아니라,
뜨거움이 중요한 것이다..*

파도...

너도 누군가를 짝사랑 했었는가?..

어찌 해도 멈출 수 없는
하얀 눈물 뿜어내며

심장 언저리, 그토록 시퍼렇게
멍이 든 걸 보니..*

사 랑 댐..

더 이상 가둬둘 수 없어요..
더 이상 참아낼 수 없어요..

그리움이 목까지 차올라,
보고픔이 차고도 넘쳐,

벅찬 내 마음
빗장 열어 조금씩
당신 마음가로 흘려보냅니다..

이제 당신이 젖지 않으면,
내 눈물 마를 날이 없기에..

이제 당신이 바다되지 않으면,
내 사랑 그렇게 담아둘 수 없기에..

냉면에게 배우다..

미식가들은 말한다.

"냉면을 먹을 때,
 급한 마음에 면을 가위로 싹둑
 잘라내면 안 된다"고..

"천천히, 한올한올 얽힌 면을 풀어내며 먹어야
 냉면 본질의 맛을 알 수 있다"고..

아..!

어쩌면 꼬이고 얽혀버린 당신과 나의 사랑이,
꼭 새겨들어야 하는 말은 아니었을까?..*

내 강아지..

너희를 처음 만나던 그 날,

온 세상이 하얀 첫눈으로 덮힌 것처럼
하늘은 어쩜 그리도 찬란하게 반짝거리고
바람은 어쩜 그리도 눈부시게 살랑대던지..

지친 하루 일과 마치고 문을 열고 들어서면
반갑다고 목놓아 소리치던 옥구슬 목소리,
연민 가득 향기롭게 나를 바라보던 맑은 눈망울,
하늘 연처럼 꼬리 휘날리며 내 곁을 맴맴 돌던 몸짓!

가족이란 이름으로 표현해야 할,
모든 정겨움을 안겨주던 너희야 말로
진정한 나의 친구이자 파트너였음을..

사람이 가장 어리석은 '미생 未生'이기에,
너희를 한번도 '미물 微物'이라고 생각해 본 적 없는
내가 고백컨데..

너희를 키우면서 실은 나의 희망이 더욱 자랐음을,
너희를 안으면서 실은 나의 가슴이 더욱 푸근했음을,
언제나 내 곁을 지켜준 건 너희였음을..!

바라건데 뽀야, 뽀순아..

지금까지의 아름다운 동행처럼 남겨진 귀한 시간,
축복처럼, 선물처럼 함께 노니며 선하게 살아가자꾸나

사 랑 한 다
• 어미 母悉

휘파람..

못 지킬 약속이면, 맹세를 하지 마!

휘파람 불면서
내 마음 휘날리게 하지 말고..

맺지 못할 인연이면, 흔들지 마!
휘파람 불면서
내 마음 나부끼게 하지 말고..

그대가 부는 휘파람,
누군가에겐 스치는 바람이겠지만,

나에겐 격한 회오리..
피우지 못할 사랑이면,
휘파람 불어대듯 다신 내 이름 부르지도 마!

내 이름은 불리워져
그대 가슴에 새겨져야 하기에..*

또 하나의 흐름..

막히지 않고 흘러야 할 것이
강물이거나 빗물이라고만 생각지 말아라..

나이 따라 흘러야 할 것이
땀이거나 눈물이라고만 생각지 말아라..

내가 살아있음을, 내가 건강함을
깊이 깨달을 수 있는 건,
누구보다 내 몸이 더 잘 알고 있지 않느냐..

눈물보다 땀보다 어쩌면 피보다 진한 그것..
당신 전부를, 당신 전체를
純粹로 사랑해야 흐를 수 있는 그것..

그 소중한 흐름을,, 당신을 사랑한다는
나의 증거로 당당히 제출합니다..*

착각..

無소식이 희소식이라구요?..

천만에요..

소식이 없다는 건
차갑게 버려졌거나
잔인하게 잊혀진 것일 뿐..

먼저 연락하는 건 자존심이
허락치 않아서라구요?..

천만에요..

먼저 손을 내밀지 못한 건
그 사람을 덜 사랑했거나
당신이 더 사랑받지 못해서일 뿐..

사랑은 물안개 같은
비겁한 추억으로 존재하는 게 아니라

헤어졌다 싶으면 미칠 것 같은
지독한 열병으로 기억되는 것이기에!

지금 그 사람과 팔베개하고 있지 않다면
그건 이미 사랑이 아니라
당신만 인정하고 싶지 않은 미련이란 허울일 뿐..*

문 사랑방..

눈을 뜨면 새들보다 먼저 일어나
아침의 희망을 지저귀는 곳..

門을 열면 햇빛보다 찬란하게
서로의 안부를 속삭이는 곳..

그 곳은 언제나 그리운 '문 사랑방'..

사람보다 광고가 더 많은 방들속에서
광고보다 침묵이 더 많은 방들속에서
곱디고운 나눔과 참소통이 와글대는 곳..

날마다 정겨운 소식 가득 찬 편지들과
날마다 가슴 적시는 노래들만 흐르는 곳..

그 곳은 언제나 가고픈 '문 사랑방'..

김밥 한 줄로도 가족이 될 수 있고,
생수 한 병으로도 친구가 될 수 있고,
포옹 한 번으로도 하나가 될 수 있는 곳..

그 곳은 내가 언제나 머물고픈

'문 사랑방'이어라..

천둥..

천둥이 무섭게 화를 내던 밤..

난 짓지 않은 죄까지
죄다 고백하며
부들부들 떨어야 했다..

내가 저지른, 별처럼 수많은 죄 중에..

나로 인해 가슴에 번개불 지지며
찬서리 같은 눈물 흘렸을,

그런 그대를 빗속에 버린 죄보다
더 큰 죄
세상에 어디 있으랴..

이제 천둥은 그대 몫이고
잠 못드는 건 내 몫이니.

그대여 제발 통곡을 거두고
편히 잠드소서..*

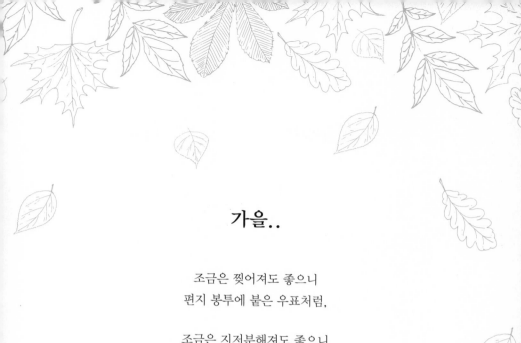

가을..

조금은 찢어져도 좋으니
편지 봉투에 붙은 우표처럼,

조금은 지저분해져도 좋으니
옷자락에 붙은 껌처럼,

조금은 쌀쌀해도 좋으니
아스팔트 위의 젖은 가랑잎처럼,

그렇게 그대 가슴 속에 종일
매달려 있고 싶은 계절..

가을이다..*

주문진에서.. 애련의 서막

그댈 사랑할수록 자꾸 외로워지는 까닭을 알고 싶어
달려간 부둣가엔 젖비린내 닮은 안개만이 피어오르고 있었다.

사시사철 언제 와도 좋다는 늙은 선장의 말을 너무도 쉽게
믿어버린 탓일까, 주문진의 겨울은 내 마음보다 더욱 야위어 있었고,

쓰디 쓴 쇠주마냥 다 마셔버려도 줄지 않을 바다를 바라본다는 건
사랑은 주되 마음은 줄 수 없다는 그대의 약속을 되새기게 할 뿐,
바다 위 파도는 조용한데 내 눈에 일렁이는
눈물조차 막을 순 없었다.

잊기 위해서 떠난 여행인지 잊혀지지 않기 위해 떠난 여행인지
분간이 안갈 무렵 홀로 찾은 선술집에는,
나룻배만큼이나 낡아버린 여인이 새빨간 입술로 나를 받았다.

사연이 깊을 것 같아, 그 사연에 내가 위로 받을 것 같아
마주한 그이는 결국 추억 따위를 이겨내지 못하고
자신의 참혹한 긴 세월만을 한참 토해낸 채 구겨져 잠이 들었다.

새벽 이슬로 해장술을 대신하고,
정한수 대신 파도 한 덩어리를 정수리에 얻어맞은 뒤에야
어쩌면 우린, 아직도 뜨겁게 사랑하고 싶어하는 기찻길일지도
모른다는 생각이 들었다.

결국 내 기억 속의 주문진은 분명 사랑이 시작된 성지였음에도,
그대 마음 헤아리지 못하고 함께 오지 못한 오늘만큼은
사랑의 유배지가 될 수도 있음을 확인한 채,
철새가 먼 길 재촉하듯 나는 서둘러 서울로 돌아와야만 했다.

이제 그대 가슴에 얼굴을 묻고
그대에게 묻는다.

주문진을 향해 처음 떠난 그때의 우리처럼
다시 사랑의 주문을 외운다면,

우리 사랑, 주문진의 滿船처럼 희망을 가득 안고 돌아올 것인가..
파도 소리 갈매기 소리 모두 우리를 위한
축복의 메아리로 아름답게 울려 퍼질 것인가..

하늘과 바다가 맞닿은 땅 주문진에서

지금은 그대가 답할 차례다.

9월이 오기 전에..

9월이 오기 전에
우리 해야 할 일 있다면,

더 늦기 전에 바다로 뛰어들어
남은 설움 파도처럼 하얗게 부셔버리고,
묵힌 슬픔 태양처럼 빨갛게 태워버리는 일이다.

단풍이 오기 전에
우리 해야 할 일 있다면,

파라솔처럼 펼쳐졌던 마음
차분히 접어놓고
떨어지는 낙엽을 포근히 감싸줄 수 있는가
육신의 지침을 넉넉히 받아줄 수 있는가
자꾸만 돌아보는 일이다.

산뜻함을 지켜내기 위해선
밀림의 습도를 제거해야 했듯이,
그리움으로 깊이 물들기 위해선
노여움 따윈 더 녹여내고 흘려 보내야겠지..

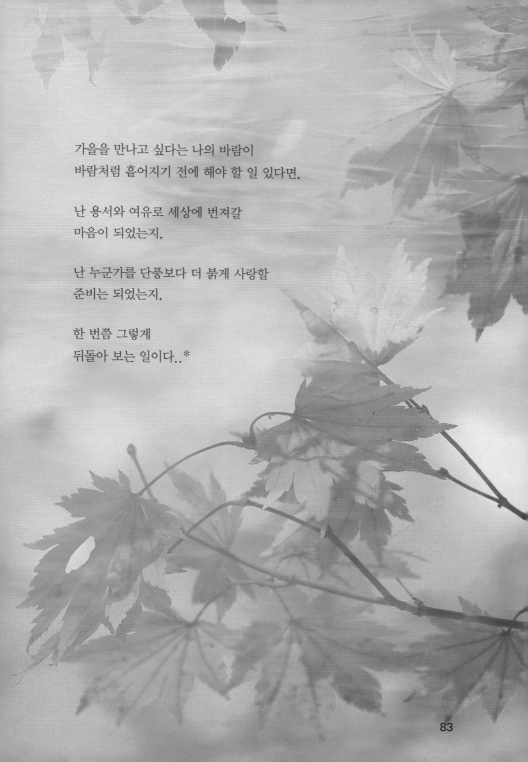

가을을 만나고 싶다는 나의 바람이
바람처럼 흩어지기 전에 해야 할 일 있다면,

난 용서와 여유로 세상에 번져갈
마음이 되었는지,

난 누군가를 단풍보다 더 붉게 사랑할
준비는 되었는지,

한 번쯤 그렇게
뒤돌아 보는 일이다..*

감

날.. 흔들지 마라..

그대는 마음껏 흔들어 대고
찔러대면 그만이지만,

흔들려도 붙잡아 줄 이 없는 나를,
떨어지면 아프기만 한 나를,
벗겨내면 부끄럽기만 한 나를,

그대 작은 가슴으로
받아줄 수나
품어줄 수나 있으련가?..*

김장..

온동네 사람들이 달려들어 우리 몸을
발가벗겨 씻기우고 닦아줄 때만 해도
오늘이 마을 축제로만 알았네..

한여름 태풍까지 씩씩하게 이겨낸 너와 내가
속절없이 두 발 벌려 만세를 부르고
설교 같은 소금과 채찍 같은 고추가루가
하얀 속살에 거침없이 스며들고 번져갈 때쯤에야
우린 숭고한 이별을 예감했었지..

허나 우리 비록 사방이 막힌 독방에서도
절임의 고문, 삭혀지는 아픔을
사랑으로 독하게 견뎌낼 수만 있다면

잘게 씹히우든 작게 조각나든
저들의 몸과 마음속에서
잊혀지지 않을 든든함과 고마움으로
오랜 시간 부활할 수 있으리라..

너와 나 순교의 몸부림이 결코 헛되지 않은
윤회의 운명이었음을 절감케 되리라..*

언제쯤 끝이 보일까..

바퀴벌레..
무좀..
머리카락..
내 사랑은 늘 이것과 닮아 있다..

아무리 죽여도,
열심히 없애도,
자꾸만 잘라내도,
전혀 소용없는 일..

멈출 수 없는, 멈추지 않는

그대를 사랑하는 이 미친 짓...*

버려진 우산..

한때는 너도
누군가의 소중한 방패막이였겠지..

세찬 비를 막아주고
바람을 막아주고
눈보라를 막아주었음에도
별안간 길거리로 쏟아져 내린 이별..

우산 속을 뚫고 빠져나온 화살이,
내 심장에 날아와 박힌 듯 아프다..

비가 오나 눈이 오나..

한때는 나도
당신의 든든한 버팀목이었기에.

버려진 우산을 바라보는 내 눈에
낙엽 닮은 빗물이 흐른다.
단풍 같은 핏물이 스민다..*

나 그대를 알고 난 후..

눈물은 늘어나고
미소는 줄었다..

한숨은 늘어나고
몸무게는 줄었다..

소주병은 늘어나고
친구는 줄었다..

창밖을 보는 시간은 늘어나고
잠은 줄었다..

이제 늘어나야 할 것은
그대와 사랑할 시간..

이제 줄어야 할 것은
나 혼자 그대를 사랑한 시간..

그대가 홀연히 꿈처럼 찾아 온 이 시간,

그대 위해 한없이 비워 둔 자리
그대 숨결로만 채우고 싶다..*

도 자 기..

깨질 것부터 염려하여
그토록 노심초사
너를 만져 빚어내진 않았으리..

무엇을 더 그려넣지 않아도
그 완벽한 비어있음을 통해
심연으로부터 솟구치는 충만함이여..

달빛처럼 사랑한 임을 위해
스스로를 벗어 던진 여인의 옷고름보다
더 짙게 흘러내리는 숙연함이여..

어느 순간 눈앞이 하얘지도록
귓가에 울리는 아득한 풍경소리는
너를 통해 넋을 잃었던 장인의 울부짖음일까..

한결같다는 말로는,
눈부시다는 말로는 설명할 수 없는
미치도록 그리운,
이 은은한 아름다움아...!

예감..

당신이 이별을 준비하고 왔다는 거..
유난히 내 손을 꽉 움켜 잡았을 때
이미 알았어요..

우리가 지금 헤어지고 있다는 거..
당신이 날 보며 환하게 웃고 있을 때
이미 알았어요..

당신이 다신 돌아오지 않을 거라는 거..
그대가 뒤돌아 문앞을 향해 걸어나갈 때
이미 알았어요..

차디찬 얼음처럼
한 발짝도 움직일 수 없는 내가

식어버린 커피처럼
심장이 멈춰버린 내가

그나마 해낼 수 있는 일이란
당신 향한 원망과 저주뿐일 텐데..

나의 추억은 벌써 당신 뒤를 쫓아가고 있네요..
나의 가슴은 벌써 당신 이름 부르고 있네요..

그래도 당신이 한 번쯤 돌아보지 않을까 싶어
돌아본 당신이 괜시리 맘 아플까 싶어
재빨리 일어난 그 자리에 수북히 쌓인 건

참지 못하고 흘려버린
수많은
내 눈물
자욱들...*

세월..

세월이 **약**이라고?...

달력이 넘어가고
계절이 바뀔 때마다 늘 새롭게 앓는다..

약이라 할지라도..

그대를 허무하게 떠나 보낸
그 **세월**은 내게 그저 **독약**일 뿐이다..*

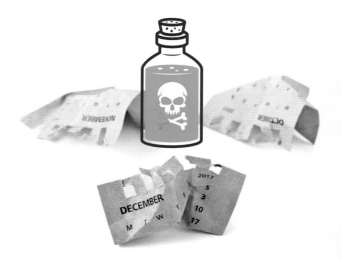

왜 너만 나를..

다 품어주잖아..

바다는 강물을,,
산은 메아리를,,
숲은 나무를,,
흰눈은 세상을,,

근데 왜 너만 나를 자꾸 밀쳐내는거야?..*

情이여, 사랑이여..

늘 혼자 밥을 차려 먹는다는 당신을
생각할 때마다, 내 목이 매여
밥이 넘어가지 않는 걸 보니..
아마도 난 당신을 많이 사랑하나 봅니다..

어느덧 안경을 벗고 핸드폰 문자를
들여다 보는 당신의 눈동자와 마주칠 때
나도 모르게 눈시울이 뜨거워지는 걸 보니..
아마도 난 당신을 많이 사랑하나 봅니다..

어스름한 저녁 남몰래 거울 앞에서 흰머리를
뽑고 있는 당신의 뒷모습을 지켜볼 때
내 가슴이 이토록 하얗게 어지러운 걸 보니..
아마도 난 당신을 많이 사랑하나 봅니다..

고생만 하시고 떠난 모친 제사를 치루는 동안
자꾸만 흔들리는 당신의 손을 잡았을 때
내 맘에도 커다란 파도가 일렁이는 걸 보니..
아마도 난 당신을 많이 사랑하나 봅니다..

혹여 다음 생애서는 아닐 수 있겠지만
적어도 머나 먼 전생에서부터
나는 그렇게 당신을 오랫동안 바라보았고
곁에 머물러 왔으며 그렇게..

당신을 많이 사랑해 왔나 봅니다..*

가슴이 보내지 못한 사랑..

꽃잎도 아니었던 너의 마음,
그리도 갈기갈기 찢어놓고
도시의 한 복판에서 기도를 한들
서로의 이별이 그리 은혜로울 순 없었다..

너밖에 없었다.. 너밖에 몰랐다..

그걸 깨닫기까지 수많은 벌을 받았건만
그게 벌인지도 모르고
그리움이란 질병을 앓았던 나는
이렇게 가슴이 야위어지고
모습이 가냘퍼진 다음에야
이젠 차가워진 너를 보며
뜨거운 눈물을 쏟아내고 있구나..

너무나 늦게 토해내는 참회라 하더라도
바람에 실어 이 말만은 꼭 전해야겠다..

너 없이..
밥을 먹을 수는 있겠지만,
삼킬 수는 없을 것 같고..

너 없이..
혼자 살아갈 수는 있겠지만,
혼자 잘 살아 갈 자신은 없다..

널 보낸 후의 술잔에서 아프게 들리던 그 말..

세상에 **착한 이별**이란 없고..
아름다운 후회란 없다..*

인간은 모르는
고슴도치의 사랑..

널 한 번만이라도 꽉 안을 수만 있다면,

나..그렇게 찔려 죽어도 좋아!..

널 잠시라도 뜨겁게 사랑하다
죽을 수만 있다면,

내게.. 쓰라린 후회란 없어!...*

기대..

나 항상 너에게 사랑을

기대하진 않아...

하지만,

나 가끔 너의 어깨에

기대고 싶어..*

외로움과
그리움은 만날 수 있을까..

독한 것만이 커피가 아니듯,
격한 것만이 사랑은 아니겠지..

기나긴 세월
너만을 향한 나의 愛慕(애모)를,
어찌 6개의 혈액형으로 분류하고
8개의 사상체질로 나누고
12간지로 논할 수 있단 말인가..

파도가 치려면
이슬이 모여 풀잎에 맺혀 곱이 되야 하고
강물이 되어 바다로 흘러 겁이 되야 하듯

너와 난 태초에 은하수처럼 흩어졌다 해후한,
시리우스 같은 톨이었는지도 모를 일..

제발 만나야 할 사람은 만나기로 하고
부디 잊혀져야 할 사람은 잊기로 하자.

첫눈에 반한 사랑만이 사랑이라 믿기엔
너는 늘 외로워 했고
나는 늘 그리워 했고
우린 늘 기다리기만 했으니,

이젠 너를 안았으면 좋겠다..
이젠 너를 만졌으면 좋겠다..
이젠 너와 울었으면 좋겠다..

나 너를 사랑하기에..*

100일..

우리가 만난 지
100일 기념
특별한 날이라고요..?

아니요..

제겐 그저
매일 매일이
하루하루가

100일 같은
소중한 첫날이자
특별한 기념일이랍니다..

1000일이 되어도
10000일이 되어도
제 마음 속에 변함없이 새겨질

영원한 숫자는..

당신을 처음 보았던
첫날 첫번째 첫순간이랍니다..*

가을이 겨울에게 건네는 손편지..

아직 오지 말라고 했죠..
미처 떠날 채비를 못했다고..

찬바람으로 따귀를 때리듯
흩날리는 눈발로 안녕을 고하듯
이리도 막무가내로 밀치고 들어오면
저는 어디를 향해 흩어져야 합니까?

사랑 잃은 사람들의 상처를
더 보듬어 줘야 할 터인데,
갈 곳 잃은 낙엽들의 사연을
더 들어줘야 할 터인데,
이리도 성급하게 물밀 듯 몰아치면
저는 어디를 향해 나부껴야 합니까?

억겁의 연을 쌓자는 것도
죽어도 못가겠다 버티는 것도 아니오니
어차피 오래도록 머무르실 이 자리,

그대여 부디 천천히 슬며시
내 마음 춥지 않게 다가오소서..*

일어나세요..

당신을 내려다 보는 나의 눈은
말라 있었고,
나를 우러러 보는 당신의 눈은
늘 젖어 있었죠..

엎드려 기도해야 할 철없는 이는 나인데,
언제나 그 자리에서 허리 굽혀
내 옷매무시를 매만지는
주름으로 얼룩진 부뚜막 같은 손이여..

그 손으로 캄캄하던 내 길 이끌어 주시고,
그 손으로 흔들리는 내 맘 잡아주시느라

정작 당신의 육신은 얼마나 나무껍질 되셨을까..

이제 내가 당신의 바람 새는 가슴 채워드릴래요
이제 내가 당신의 솜처럼 가벼운 몸 안아드릴래요

주저앉을 일, 날 위해 먼저 하신 그 이름..
무릎 꿇어야 할 일, 날 위해 먼저 하신 그 이름..

엄마.. 제 손 꼭 잡고 이제 일어나세요..!

촛불..

말하거라..
너는 얼마나 큰 그리움을 품었길래
밤새도록 하얀 눈물을 뚝뚝 떨구고 있느냐..

몸을 태워도 빛이 나지 않을 사랑이라면
이제 그 심지조차 삼켜버려야 할 터인데,

스스로 꺼지지 못할 그 무슨 사연 있길래
세찬 풍파 앞에서도
가냘프게 흔들리고만 있는 게냐..

말하거라..
네가 머금은 사랑. 해였느냐 달이었느냐
혹은 이름 모를 별이었느냐

무엇으로든 세상을 환하게 비출
뜨거운 불꽃 아니기에. 그림자에게라도
영원히 지울 수 없는 흉터 하나 남기려고
그리도 흐느꼈던 것이냐..

잊거라..
너를 아무도 돌아보지 않은
울긋불긋한 이 세상에서
허무한 연기 아닌 은은한 향기되어
오랜 세월 이승을 향해 맴돌 거면

쓸쓸한 나약함보다는 의연한 자태로 남아서
누군가의 소원이라도 되고,
누군가의 염원이라도 되어 하늘로 솟구쳐야

진정 너다운 신화로운 삶으로
기억되지 않겠는가?...*

추운 날에..

며칠째 강추위에
매서운 바람이 불어오는구나..

나는 강한 사람이 아니기에
휘몰아 치는 바람으로
어디론가 날아가야 할 몸이라면,

쓸쓸한 눈발되어
그대 품 속으로 얼른 날아가 안기리라..

연약한 꽃잎되어
그대 맘 속으로 얼른 날아가 꽂히리라...

세상이 아무리 추워도
그대 가슴 속에 머무는 동안은

열꽃만이 활짝 피어나리라..*

수도가 얼었다..

수도가 얼었다..

한방울의 물이 얼마나 소중했는지,
밤새도록 차가운 수도관을 안타까이
품에 안으며, 꺼이꺼이 깨달았다..

당신 마음이 얼었다..

당신이 전한 따스한 말 한 마디에
그동안 내가
얼마나 큰 위로를 받았었는지,
가슴이 불에 데이듯
뜨겁게 깨달았다..

기다리면..
수도를 녹게 하는 건 봄일 수 있겠으나,

기다려선 안 되겠지..

얼어붙은 당신 마음 녹게 하는 건,
당신 사랑 외면했던
내 어리석음을 인정하는 것뿐이기에!..*

군고구마..

당신이 나를 사랑하는 마음도
이만큼 뜨거웠을까..

당신이 나를 기다리는 마음도
노랗게 어지러웠을까..

한참을 살아내도 설익기만 한 세상에서
주기만 하는 사랑을 이해하지 못했던
철없는 나로 인해
당신 마음! 얼마나 새까맣게 타들어 갔을까..

베어물수록 나는 따뜻해지고
당신은 추워지는 아득한 사랑이여.

껍질로만 밝혀지는, 향기로만 증명되는
깊고도 지순한 사랑이여.

날 위한 당신의 식지 않는 온기(溫氣) 때문일까?

벗겨낼수록 가슴은 자꾸 먹먹해지고,
당신은 자꾸만 그리워지는, 긴 긴 겨울 밤이다..*

12월에게..

그래 와라! 이왕 올 거면
거룩하게 와라! 찬란하게 와라!
온세상을 하얗게 뒤덮을 만큼의 눈보라처럼
깨끗하고 숭고하게 빛으로 다가와라!
열한 달을 치열하게 살아 낸 우리들 지난함을
하늘 저 멀리 날려보낼 만큼의
광풍으로 몰아쳐라! 도약의 날개짓으로 파닥거려라!

그래 와라! 이왕 올 거면
서성대지 말고 와라! 거침없이 와라!
우린 지나가는 시간 돌아볼 사이 없이 뛰었고,
흘러가는 세월 붙잡을 틈없이 달렸고,
캐롤은 울리지 않았어도
삶을 위한 행군의 북소리는 멈춘 적 없으니,
이젠 네가 약속해 다오.

뒤를 이어 다가서는 새해 첫날엔
기약없는 희망일지라도 꼭 놓지 않게 하고
부질없는 소망일지라도 꼭 잊지 않게 하고,
우리가 꿈꿀 수 있는 모든 것을 꿈꾸게 해달라고,
12월아, 이젠 네가 약속해 다오..!

첫눈만이 눈(雪)은 아님을..

사람들은 왜 겨울의 첫눈만을
기다리며 설레고 기억하는 것일까?..

올겨울에 내린 두 번째 눈..
혹은 마지막 눈은
왜 무심히 잊어버리는 것일까?..

첫사랑을 못잊어 슬퍼하는 그녀 앞에서
난 소리치고 싶었다..

난 비록 그대에게 내린 첫눈은 아니었으나,

가슴이 쏟아져 내리듯..
심장이 무너져 내리듯..
눈물이 하염없이 흘러내리듯..
그렇게 그대 등뒤에서
아프게 내리고 사라져 버린

그대 마음에 미처 사랑으로 쌓이진 못한,
지난 겨울날의 마지막 눈꽃이었음을.. *

못..

내가 극심한 두통에 시달린다 해도..
내가 불꽃이 일 정도로 열이 심하다 해도..

나로 인해 당신 삶의 무게를 나눠 가질 수만 있다면
나를 통해 당신 마음의 화를 다스릴 수만 있다면

나 언제든 당신 위해 허리 꼿꼿이 펴고
그 두드림의 고통을 견디리라..
그 울림의 진폭을 참아내리라..

하물며.. 당신의 어이없는 변덕으로
내 머리가 다시 뽑히우고

그 구멍난 가슴에 거센 비바람이 스며들어도

나..당신 원망하지 않으리라..
나..당신 밀쳐내지 않으리라..

나의 지순한 심장을 관통한 당신은..
내가 벽처럼 단단히 사랑한 당신은..

절대 〈못〉난 사람이면 안 되기에..!
절대 〈못〉난 사람일 수 없기에..!

117

나 무 에
매 달 려
보 니..

화려하고 탐스런 꽃이 무슨 소용 있겠어요..

광활하고 거대한 숲이 무슨 소용 있겠어요..

나무에 매달려 보니..

나만 좋다고 매달리는,
나만 사랑한다며 목매는 그런 사람만이

내가 목말라 했던,
내가 안고 싶었던 사랑이었음을 깨달았습니다..

서로 보듬어 주고 서로 물 주며
너 없으면 안 되겠다 함께 키워나가는,

그런 나무 같은 사랑만이

내게 필요한 사랑이었음을
내게 소중한 사랑이었음을,

나이테 사이사이마다
깊게 아로 새겨져 있음을 알았습니다..*

봉사 후 愛..

그날 우리가 눈이 부셨던 것은
찬란한 햇빛 때문이 아니라
당신들의 해맑은 웃음 때문이었음을..

그날 우리가 가슴 벅찼던 것은
준비된 음식 때문이 아니라
당신들을 마음으로 받아들였기 때문이었음을..

헤어짐이 아쉬워 내미시던
주름진 그 손을 잡고서야 깨달았습니다..

어쩌면 '사람'은..
날이갈수록 작아질 수 있지만,
어쩌면 '사랑'은..
해가 갈수록 크게 자랄 수 있음도 알았습니다..

그날 우리가 배운 것은
'행사'가 아니라 '행복'이었고,
'봉사'가 아니라 '감사'였는데,

며칠이 흘렀음에도
당신들 모습이 자꾸
눈앞에 '어른'거려서..

당신들을
'어르신'이라 부르는가 봐요..

情 하나 드린다고 찾아간 길,

하늘의 복으로 채워
돌려보내 주셔서 참으로
고마운 맘 傳합니다..*

121

삵이었고 칡이었던 아이는..

내 유년 시절의 기억이란,
노란 해바라기 닮은 얼굴로
나뭇잎보다 앙상한 어머님 손 부여잡고
전국을 떠돌며 눈물 뿌린 바람의 추억뿐.

나는 라면 한 그릇으로 사춘기를 버티던 잡초,
호적에 이름조차 지워진 만석꾼 장녀,
한많은 여인이 일생을 걸고 승부한
유랑극단 삐에로 같은 외줄 소년이었다.

이집 저집 술취한 주인들이 질겅질겅 씹다가
싫증나면 마루 한 구석 붙여놓던 단물 빠진 껌,
연탄불 꺼진 차다찬 방구석에서 외로움에 빨간 눈 비비며
마지막 잎새처럼 시퍼렇게 치를 떨던 한 마리 **삵**이었다.

알 수 없는 이유들로, 알고 싶지 않은 사연들로
쏟아지는 회초리를 피멍으로 받아내던 아이,
여인의 깊은 뜻을 미처 헤아릴 사이도 없이
눈물로만 밥을 삼키던 외동아들이었던 나는,
산기슭 버려진 운명인양 엉켜있던 한 그루 **칡**이었다.

평생을 풀어도 풀리지 않을
수수께끼 같은 주문을 읊조리던 그녀는,
내가 巨木처럼 빨리 자라나기만을 염원하던 모친은,
기다리신 것을 다 만나지도 못한 채
기대한 것을 다 이루지도 못한 채
예정보다 일찍 먼 길을 떠나셨다.

탯줄보다 질긴 인연만 아니었다면
핏줄보다 진한 숙명만 아니었다면
벌써 하늘나라로 떠났을 그 아이는,
새 같은 자식을 끌어안고 밤마다 기도했던
어무이의 흐느낌을 아직도 그리워 하고 있으며,
이제서야 어머님이 바라던 고운 **빛**으로
선한 **칼**로 거듭나고 있다.. *

EXIT..

길은 어디에나 있다는데..
찾으면 길이 있다는데..

그대 맘 속에 빠져
사방이 막힌 길..

늪에 빠진 듯, 나갈 길
헤어나올 수가 없구나..

그대가 나를
건져 낼 수만 있다면,

그대가 나를
살려 낼 수만 있다면,

이젠 그 고마운 사랑과
EXCITING 하고 싶구나..*

핸드폰..

내 맘처럼 어둡던 액정에
그대 이름만 반짝거려도 눈물이 왈칵 쏟아지고,
내 사랑 닮아 까맣게 타버린 화면에
그대 번호만 솟아나도 심장이 벌컥거린다..

그대 이름 싣고 울리는 진동은
토네이도보다 강하게 내 몸을 떨리게 하고,
그대 사진 품고 울리는 벨소리는
심포니보다 웅장하게 내 가슴을 황홀케 한다..

내가 사랑에 빠졌다는 LTE급 증거는
내가 핸드폰을 바라보는 눈빛과 비례하고,

네모난 세상, 가장 깊숙한 곳에 저장된 것은
언제나 꾹 누르고 싶은 내 사랑이다..*

카피라이터의 눈으로 바라본

생활의 發見

나 그대 잊는 법을
잊었노라

Part 2

생활편 · 斷想

존재의 이유..

내가 살아가야 할

Why를 잃으면!

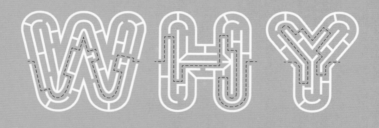

내가 걸어가야 할

Way를 잃는다!

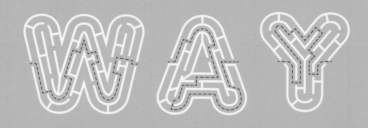

후시딘과 마데카솔 차이..

후시딘은 상처 소독에 강하다.
처음 상처가 생겼을 때 후시딘을 바른다.

마데카솔은 새 살을 돋게 하는 게 강하다.
상처가 아물기 시작했을 때 그 때 바른다.

예기치 않은 실연을 당했을 때..

후시딘 같은 친구를 만나
위로의 술 한잔 나누며 상처를 소독한 후,

마데카솔 같은 사람을 만나 새로운 사랑을
영위해 가면 아픔과 상처는 대부분 치유된다.

P.S: 단, 깊고 아픈 추억의 흉터를 지우는 약은
     아직 개발되지 않았으니, 잊지 못할 추억이라면
     차라리 사랑의 문신으로 받아들일 것…

그대에게 묻고 싶다..

거울은..세상에서 가장 빛나는
순간의 나를 비추지만,

유리는..세상에서 가장 참혹히
깨어지는 순간의 나를 찌른다..

내게 있어 그대는..

거울 같은 존재인가?

유리 같은 존재인가?

확 인..

몸이 안 좋아 병원에서 MRI를 찍었다..

MRI 사진을 기다리면서..

문득.. 나를 좋아한다고 큰 소리로 외쳤던
그대의 마음 속도

MRI로 확인해 보고 싶어졌다..

아.. 가끔은 진짜 마음 속의 진실을
들여다 보고 싶어진다..*

확보..

'명품 프레젠테이션' 과정을 진행할 때,
원하시는 회원분들에게 메일로
자료를 보내드렸었다..

보았는가 여쭤보면,,
꼭 그렇지 않았다..

난 서점을 가면 한 아름 책을 사온다.
보았는가 자문해 보면,,
상당수 그렇지 않았다..

우린 대부분 '확보'에만 목숨을 걸지,
'확인'에는 소홀하다..

확보는 '재산'에 그치지만,
확인은 '자산'으로 승화됨에도..

잠시만.. 한번만 더 생각을..

고객이 방금 팔고 간 책

책에 줄 하나 치지 않고,
메모 하나 하지 않고,
별모양 표시 하나 없이,

중고로 서점에 내다 파는 사람...

책을 깨끗이 읽고 팔았다고 착각하지 말 것!

그 책에 대한 당신의 기억도, 감동도
깨끗이 팔아 넘긴 것은 아닌지 되돌아볼 것!...*

'부디 일찍 책장을 덮지 말라. 삶은 다음 페이지에서
또 다른 멋진 나를 발견할 테니..'

— 시스니 셸던 —

알 수 없는 일..

그녀는 분명히 마음을 **비우기** 위해
여행을 떠난다 했는데,

가방은 왜 몇 개씩 잔뜩..

싸갖고 떠나는 걸까?...

기억을 비우러 간 여행,
그 사람을 사랑했던 추억만
가득 채워오려고?..*

말을 해야.. 사랑을 얻으리..

갑돌이와 갑순이의 사랑이
이루어지지 못한 이유는..

'겉으로는.. 안 그런 척' 했기 때문이다..

칠복이가 최진사댁 셋째 딸을 얻은 이유는..

"요즘 보기 드문 사윗감 왔노라고"
당당하게 말을 했기 때문이다..

말을.. 말을 하자!

말을 할 때는 150% 오버하듯이 뜻을 전해야
상대방이 100% 이해한다.
– 스케널 박사의 커뮤니케이션 이론 중 –

137

혼족..

정말이지 외로운 일요일,

나의 건강을 염려하는 유일한 문자 한 통이 왔다..*

딱히 외출할 일도 없지만,
그래도 그게 위로가 된다..

추석 연휴..

추석 연휴라 도심의 길이 **뻥** 뚫렸다.

외로움에 사무친 내 마음도 **뻥** 뚫렸다..

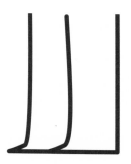

진짜 이 말만큼은,
이 외로움만큼은
"뻥"이 아니다..*

만들지 말자..

우리가 신실한 마음과
온 정성을 다하는 일에는,,
"만든다"라는 말보다,
"짓는다"라는 말을 씁니다..

"밥을 만든다"가 아니라
"밥을 짓는다"..

"시를 만든다"가 아니라
"시를 짓는다"..

"집을 만든다"가 아니라
"집을 짓는다"..

이제 제발 '배를 만들지' 말고,,
'배를 지었으면'좋겠습니다..

사람들이 타는,,
'배'만큼은 제발..*

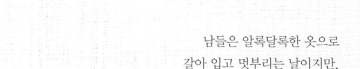

추석..

남들은 알록달록한 옷으로
갈아 입고 멋부리는 날이지만,

난 며칠째 같은 옷을 입어도 되는 날..

남들은 새로운 음식을 장만하고
배불리 먹는 날이지만,

난 냉장고 꽝꽝 얼린 음식들
해동시켜 먹는 날..

남들은 손에 손잡고 사방팔방
나들이 가는 날이지만,

난 팔짱끼고 이방저방 기웃거리는 날..

내게 **추석**은..
보름달처럼 노랗게 **푸석**거리는 얼굴로

한때나마 아름다웠던 **추억**,
아프게 꺼내놓고 데쳐먹는 날..*

인생이 무어냐고 물으신다면..

인생은 RUN이 아니라,

LEARN이다!

아이들을 가르친다는 것은 어떠한 것인가.
그것은 백지에 무엇을 그리는 것과 같은 것이다.
노인에게 가르친다는 것은 어떠한 것과 같은 것일까.
이미 많이 씌어진 종이에 여백을 찾아서
써넣으려고 하는 것과 같은 것이다.

– 탈무드 –

싱크 홀..

고민은 내가 많은데,
뭘 생각할 것이 그리 많다고,,

굳이 너까지..*

당 신 만..
몰 랐 다..

강사들은 모른다.

자신의 목소리를 한 톤만 높여도
훨씬 밝고 선한 이미지가 된다는 것을..

세일즈맨은 모른다.

자신이 살짝 미소만 지어도
계약율이 2배가 높아진다는 것을..

엄마들은 모른다.

자녀에게 공부하란 소리를 절반만 줄여도
도리어 스스로 책상 앞에 앉는다는 사실을..

남자들은 모른다.

여자가 받길 원한 것은 꽃다발이 아니라
꽃 속에 꽂혀 있는 사랑의 편지라는 점을..

정치인만 모른다.

자신들이 국민의 세금으로 월급 받고 있는
'선출직 공무원'이라는 평범한 상식을..

가족들은 모른다.

아빠들이 하루에도 몇 번씩
'사표'쓰고 싶은 마음을,

가족을 책임지기 위한
결연한 '출사표'로 바꾸려
몸부림치고 있는지를..※

카드 청구서..

오승환의 돌직구만이
정확하게, 날카롭게 날아오는 것은 아니다.

김연경의 강스파이크만이
묵직하게, 예리하게 내리 꽂히는 것이 아니다.

이번 달 청구서도
정확하게, 예리히게
내 가슴에 날아와 꽂혔고,

나는 조현우처럼 선방하지 못했다..*

빚이 빛이 되다..

40억 빚을 갚기 싫어서
성형 수술로 자신의 얼굴을
갈아 엎고 도망다니다 체포된 중국 여성..

69억의 빚을 차분하게 갚아 나가는 모습 하나로
많은 사람의 응원을 받게 된 이상민..

빚은 빛으로 거듭나는 계기가 될 수 있고,
선택은 오로지 당신 몫이다..*

순간이동..

2층에 화장실에서 내린 물소리로
내 몸이 흠뻑 젖은 느낌이다.

놀랍구나,,

우리나라 아파트에선 늘
'순간이동'이
가능하다

영화 '택시 운전사'를 보고..

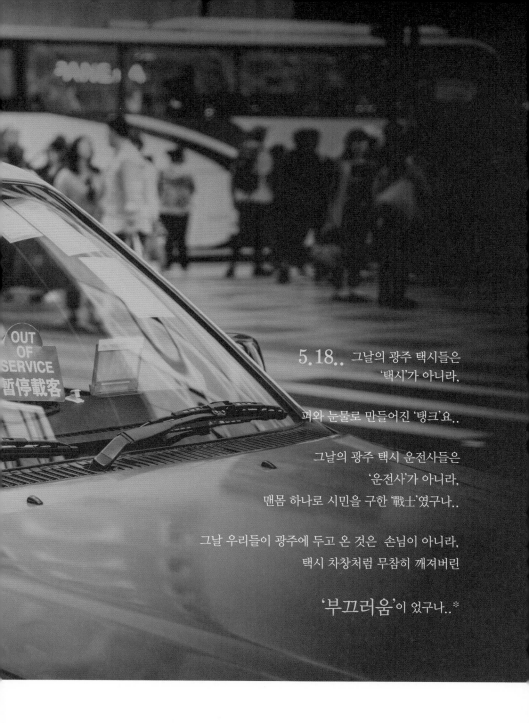

5.18.. 그날의 광주 택시들은
'택시'가 아니라.

피와 눈물로 만들어진 '탱크'요..

그날의 광주 택시 운전사들은
'운전사'가 아니라.
맨몸 하나로 시민을 구한 '戰士'였구나..

그날 우리들이 광주에 두고 온 것은 손님이 아니라.
택시 차창처럼 무참히 깨져버린

'부끄러움'이 었구나..*

대중교통..

당신 자신 이외에는..

상↑하↓좌⇦우⇨
모든 승객이 불편한
그 자세!

쩍 벌린 다리를 오므린다면
도리어 당신 인생이
쫙 펼쳐질 것이고!

꼬인 다리를 푸신다면
도리어 당신의 삶도 꼬이는 일 없이,

술~술 잘 풀리지 않을까
생각해 봅니다!

한끝 차이..

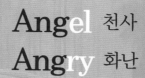

Angel 천사
Angry 화난

천사와 악마 경계도
마음 먹기 따라.. 차이가 없네.

그릇..

당신의 사랑을 담아내기 위해서.
난 큰 그릇이 아닌

빈 그릇을 선택했다오...

하오니, 평생 아끼시던 그 사랑..
이제 넘치도록 담아주세요..*

아직은 모른다..

프로 가수는
꼭 앵콜을 준비한다..

당신 인생도 아직은 모른다..
앵콜 곡을 준비해둬라!

후반전의 또 다른 말은,

반전이 아닐까!

깨달음..

How를 알게 되면 외치게 된다

언제 Action?

안타깝도다..

천재라 불리우려면
20대 초반에 죽어야 했는데
여지껏 살아있고..

부자라 불리우려면
강남에 땅이 있어야 했는데
호수에 둘러 싸여있고..

몸짱이라 불리우려면
배에 王자가 漢子로 쓰여져야 하는데
한글로 새겨져 있고..

TOP이라 불리우려면
더 이상 올라갈 곳이 없어야 하는데
아직도 쌓아야 할 **탑(塔)**이 아득하구나..

참 안타까운 삶이로다..*

선거 시즌..

지하철역 앞에서 만난
'4년을 기다려 온' 당신들의 얼굴은
매우 초조해 보였어..

될까?.. 안 될까?..
붙을까?.. 떨어질까?..

그러기에 '4년 내내' 지하철역 앞에서
당신들의 얼굴을 더 자주 보여주었으면
좋았잖아.. *

페이는 페인이다..

카카오 페이..
삼성 페이..
네이버 페이..

결제 수단만 Many해지면 뭐하나..

나는
결제할 Mony가 없는데..

건망증과 치매의 차이..

부인의 이름을 잠시 까먹으면
건망증이지만..

부인의 이름을
다양한 이름으로 바꿔 부르면..

그건 **치매**이다

오늘부터 7층까지
계단으로 오르내리자!

일탈..

불금이라 해서,
휴가철이라 해서,
solo라 해서,

사람들은 나 보고 한 번쯤
화려한 일탈을
꿈꿔보라 하네요..

허허 여보시게나들..

나는 지금 人生이란 경주에서
이탈이나 되지 않으려고,

졸라 몸부림치고 있는 중이외다..*

귀..

귀중한 말들을 새겨들으라고,
귀한 사람들 말을 경청하라고,
작은 소리도 귀신처럼 알아채라고,

귀라는 이름이 붙여졌나 보다..

'다른 사람의 이야기를 진지하게
들어주는 경청의 태도는
우리가 다른 사람에게
나타내 보일 수 있는 최고의 찬사
가운데 하나다'
- 데일리 카네기 -

165

위조 지폐..

위조 지폐를 찾아내는 소위
위조 지폐 감별의 달인이 되기 위해선
딱 한 가지 방법밖에 없다고 한다..

무조건 **진짜 지폐**를 수없이,
열심히 세어보는 것!

그러다보면 위조 지폐가 섞여 있어도
그게 바로 보인다고 한다..

**진짜 강의만을 자꾸 만나다 보면,
가짜 강의가 보인다..**＊

스펀지..

강사란 직업이 좋은 첫번째 이유는,

강연 중에 청중을 향해
한여름 별빛처럼 쏟아놓는
아름다운 빛깔의 선한 말들이

결국 자신에게 가장 먼저
스며든다는 점이다..

깊게 스며들어야..
크게 **뽑어낼 수 있다!..**[*]

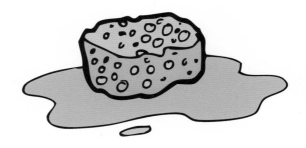

167

캐치 (catch)

우린 안다..

한 팔만 밀어봐도
이 분이 얼마나 잘 하는 목욕관리사인지를..

우린 안다..

한 톨의 머리카락만 잘라봐도
이 분이 얼마나 잘하는 헤어디자이너인지를..

청중도 안다..

1분만 들어봐도
이 분이 얼마나 준비를 잘 해온
단단한 강연자인지를..!

서(起)있는다고
多 강사는 아니다..*

고수(高手)..

바둑에서도,
태권도에서도,
정치에서도 9단이 고수..

10단은 없다..

늘 한 뼘이 모자라야,,
한 뼘이 자랄 수 있다..!

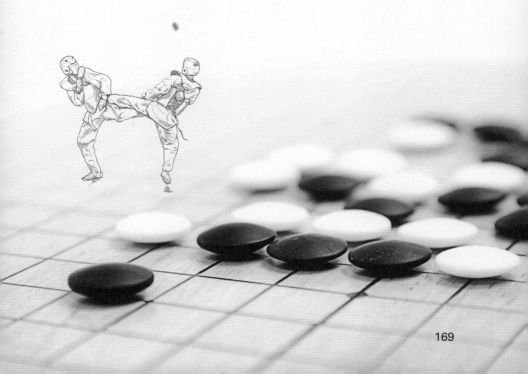

" 90분 동안, 선수 한 사람이 공을 소유하는 시간은 평균 3분..!
나머지 87분 동안 공없는 공간에서 열심히 뛰어다니며
배려하는 팀이 강팀이고, 이기는 팀이다!"

• 요한 크루이프

히딩크 감독..

월드컵 시즌마다..

대한민국 축구 팬들이 그를 아직도
그리워 하는 까닭은 무엇일까?..

He Think!

그는 생각하는 축구를 하기
때문이 아닐까..?

내 몸 사용 설명서..

마음에 드는 남자와 남몰래 만나면,
'사랑의 접속'이지만,

마음에 안드는 남자가 남몰래 날 만지면,
'불쾌한 접촉'이다.

그 기준은,
나보다 내 몸이 더 잘 알고 있다..*

4차산업혁명

4차산업혁명, 혁명 하지 말아요..

내 살아 보니까,
4차산업혁명보다 중요한 것은.
내가 세상에 태어난 **소명**

내가 세상에서 해야 할 **사명**이
더 우선이었음을
뼈 속 깊이 깨닫고 있는 중이니까요..

혁명보다 중요한 것은
생명입니다..*

*혁명에는 없는,
　신이 인간에게 준 선물 2가지
　〈웃음〉과 〈눈물〉..

웃음에는 〈건강〉이
눈물에는 〈치유〉의 힘이 녹아 있다.

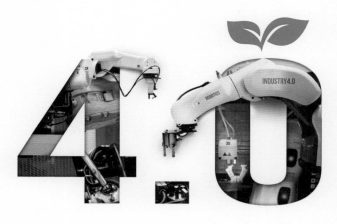

대장..

내 신체의 **대장(大將)**은 **대장(大腸)**..
전에는 참으로 용맹스럽던 친구였으나,

이젠 용트림 소리도 예전만 못하고
특유의 力을 발휘하지 못하고 있다..

난 나의 **대장(大腸)**이 **대장(大將)**답게!
다시 힘차게 나를 다스렸으면 좋겠다!

대장이 무너진 날에는
억장이 무너지고,

일상이란 전투에서의
승리가 요연해 지기에..*

全知 全能..
전지 전능

내가 사는 세상에 신(神)이 계시다면
감히 한가지만 여쭙겠습니다..

혹시 전지(全知)는 하시지만,
전능(全能)하시진 않는지요?..

그렇지 않고서야
배에서 나오지 못한 그 이름만
목놓아 부르게 하시고
왜 건져내시진 않았는지요?..

4월 16일은 분명 봄이건만,
왜 엄마들의 가슴은 늘 겨울바다로..
눈물바다로 놔두시는지요?..

모두 다 알고(全知) 계시다면,
다 돌아오게 하시고,
다 돌려놓아(全能) 주소서..
제발..*

日本 자위대..

묻고 싶다..
그 이름으로 군대를 운영했다면
집단으로 '자위'나 하면 될 것이지,

왜 애꿎은 우리나라 '여성들의 청춘'을
무참히 짓밟았느냐?

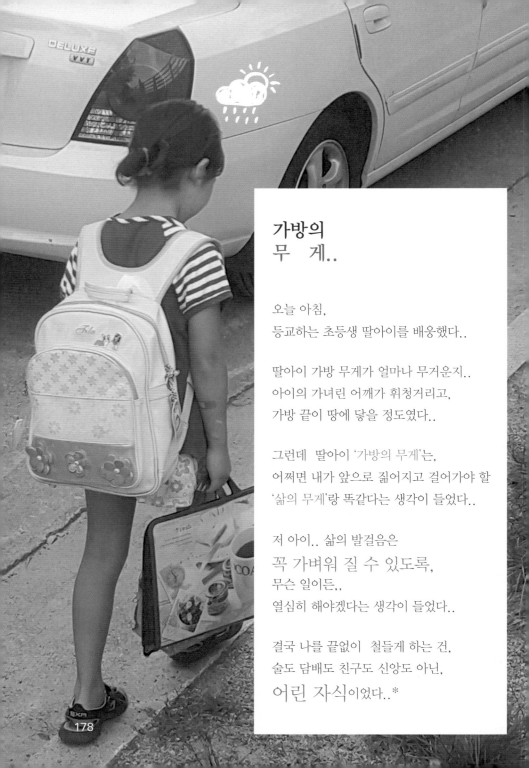

가방의
무 게..

오늘 아침,
등교하는 초등생 딸아이를 배웅했다..

딸아이 가방 무게가 얼마나 무거운지..
아이의 가녀린 어깨가 휘청거리고,
가방 끝이 땅에 닿을 정도였다..

그런데 딸아이 '가방의 무게'는,
어쩌면 내가 앞으로 짊어지고 걸어가야 할
'삶의 무게'랑 똑같다는 생각이 들었다..

저 아이.. 삶의 발걸음은
꼭 가벼워 질 수 있도록,
무슨 일이든,,
열심히 해야겠다는 생각이 들었다..

결국 나를 끝없이 철들게 하는 건,
술도 담배도 친구도 신앙도 아닌,
어린 자식이었다..*

覺..

새벽이 무엇이냐

밝아온다고 새벽이 아니라

내가 깨어있어야

새벽이다!

새해가 무엇이냐

달력이 바뀌었다고 새해가 아니라

내가 새로운 꿈을 품어야

새해이다!..*

윤회說..

만약 다음 生에 다시 태어난다면
난 **땅**으로 태어나서,

행복 **만땅**으로, 의욕 **만땅**으로

평생 **땅 땅** 거리며 살고 싶다.. *

작품..

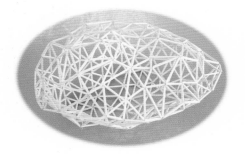

이쑤시개만을 쌓아서 만든 예술 작품!

그래.. 세상에 하찮은 것이 어디 있으랴..

어떤 물건이든지 공을 다해 쌓아올리면,
그 정성 하늘에 닿아 **작품**이 될 수 있음을..

우리들의 **꿈** 또한 마찬가지 아닐까..

돌아보니.. 무너지기를 걱정하기 전에
우리 무언가 **쌓기**라도 시작해 본 적,
있던가?..*

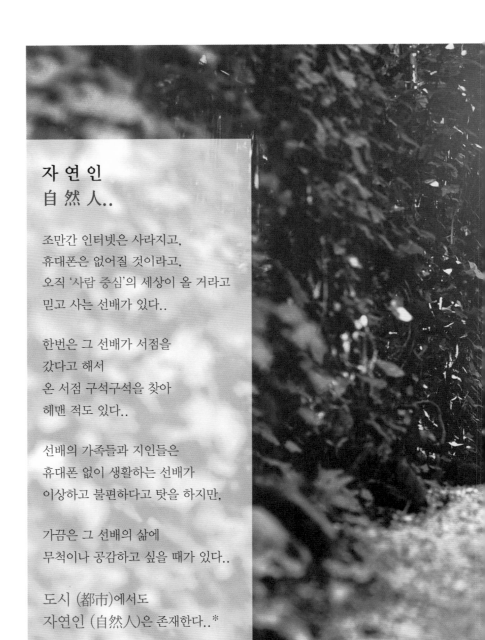

자 연 인
自 然 人..

조만간 인터넷은 사라지고,
휴대폰은 없어질 것이라고,
오직 '사람 중심'의 세상이 올 거라고
믿고 사는 선배가 있다..

한번은 그 선배가 서점을
갔다고 해서
온 서점 구석구석을 찾아
헤맨 적도 있다..

선배의 가족들과 지인들은
휴대폰 없이 생활하는 선배가
이상하고 불편하다고 탓을 하지만,

가끔은 그 선배의 삶에
무척이나 공감하고 싶을 때가 있다..

도시 (都市)에서도
자연인 (自然人)은 존재한다..*

탁구..

열심히 땀흘리면서 치면
재미도 있고 운동도 될 것 같아서
탁구를 배우기로 했다.

설레는 마음으로 안고 탁구장에 간 첫날,
코치는 가장 기본이 되는 폼을 가르쳐 주면서

2주간은 거울 보면서 '스윙'연습만
매일 **100번씩** 하라고 했다..

지루하다고 누군가와 게임을 하게 되면
기본이 무너져서 더 이상 탁구 실력이
향상되지 않는다고 하면서..

또 한번 깨닫는다..

더 나아가기 위해선,
더 도약하기 위해선,
멈춘 그 자리에서 쉼없이
점프 연습을 해야 한다는 걸..*

꿈꿔야 하는 이유..

아카데미 남우주연상을 꿈꾸던 대학후배는
일단 대종상 남우주연상을 거머쥐었다..

그래미 여자가수상 석권을 꿈꾸던 앳된 소녀는
일단 KBS 뮤직뱅크에서 1위를 차지했다..

내가 노벨문학상을 꿈꾸는 이유를,
길게 말하지 않아도 아시리라..

꿈이란 그런 것..

전설을 꿈꿔야,
역사가 될 수 있다..*

부부간.. 권력의 추

내가 혹여 남이 버린 '가구'를 주워오면
'정신나간 상거지'로 핀잔주지만,

자신은 남이 버린 '가구'를 주워오면
'알뜰한 재활용'이라 우긴다..

'판단'은 역시 **목소리** 크기를
근거로 한, 이타적인 개념인 것이다..*

아내인 동시에 친구일 수도 있는
여자가 참된 아내이다.
친구가 될 수 없는 여자는 아내로도
마땅하지가 않다.
– 윌리엄 펜 –

가방의
意 味..

아주 오래 전, 난 큰 맘 먹고 모친에게
高價의 빨강 가방을 사드렸었다..

허나 어머님이 그 핸드백을 들고 외출하는 것을
좀처럼 볼 수 없었다..

"왜 가방을 사용하지 않으시냐?"고 여쭤봤더니,

"아주 특별한 날에 들고 나가고 싶어서
아끼고 있다"고 대답하셨다..

장롱 깊숙한 곳에서 곱게 숨겨져 있던
그 핸드백을, 모친이 병으로 쓰러지신 후에야
어머님이 누워 계신 병상 옆에 갖다 놓았다..

그때 난 깨달았다..

아끼는 것은 아끼지 말고 즉시 사용할 것..
사랑하는 것은 감추지 말고,
당장 사랑해 버려야 한다는 것을..*

병상 옆의 가방과 ..울 엄마 ..

189

모친의 제사..

어제 모친의 제사를 치루었다..

음력으로 계산해서 날짜를 다시 맞추고,
비문은 이렇게 쓰고, 고기는 좌측에,
과일은 어디에, 포는 여기에,
어떤 생선은 안 되고, 술은 이렇게 따르고..

그러다 이런 깨달음이 들었다.

어머님은 식사보다는 나를 보러
하늘에서 내려오는 날이니까,
제사상에 우선 놓여져야 하는 것은
이런 어렵고 복잡한 형식보단,

'그리움, 보고픈'마음이 먼저
상위에 놓여져야 된다는 생각이 들었었다..

아. 근데 그럼에도 불구하고.. 이게 뭐람..
드실 게 너무 없잖아.. 맛나게 드시던 음식..
상다리 부러지게 차려드리고 싶은데..

못난 아들..

어머님 제사상 앞에서 또 한번

억장이 무너지고..
마음이 부러집니다..*

나의 기도(祈禱)..

국가의 안녕이나
세계 평화를 위해 기도하진 못했습니다..
한 적도 없고 할 줄도 모릅니다..

모친이 대수술을 받던 날,
다시금 십자가 앞에 무릎 꿇고 엎드려
뜨거운 기도를 하고 말았습니다..

끔찍한 고통앞에 두 눈을 동그랗게 뜨고
수술실로 들어가는 모친 얼굴을 보면서
제가 할 수 있는 일은
그저 **기도**밖에 없었음을 고백합니다..

그 긴 세월.. 성경 귀절 하나 제대로 외우지 못하고
찬송가 하나 끝까지 부르지 못하는
어리숙하기 그지없는 제가,
방언의 은사도, 아름다운 응답의 은혜도 받지 못하고
하물며 베드로처럼 수시로 부인하며 부정만 했던 제가,
27년만에 다시 거룩한 이름, 목놓아 울부짖으며
두손 모아 기도하고 있었습니다..

얼마나 먼 길을 돌아온 것인지
얼만큼 헤매다 돌아온 곳인지
우매하기 이를데 없는 저는 알지 못하오나,
기도는 결코 악마의 속삭임이 아닌
절대사랑을 향한 순수한 영혼의 선서임을 이제 믿사옵니다..

부끄럽게도.. 아직 제가 하는 기도란 것이
저의 입신양명이나 가족의 안위만을 바라는
지극히 사소하고 이기적인 것일지라도
귀담아 마음담아 들어주심에 자꾸만 눈물이 납니다..

언젠간 저의 기도 한 줄이 주위의 어려운 이를 보살피고
세상의 어지러움과 혼탁함을 바로잡는 제목이 될 때까지,

기다려 주시고, 또 기다려 주시기만을
지금 이 시간 하늘보며
간절히 기도드리옵니다..*

의사 소통의 진정한 뜻..

어머님이 많이 다치셔서 응급실에 실려가셨던 날..
어머님의 두 다리가 너무나 처참하게 일그러져서,

나는 하얀 가운을 입은 의사 선생님에게
애끓는 마음으로 매달리며 물어보았다.

"선생님, 저희 어머님 다리가 어떠신가요?.."

그날 그 의사의 대답이 나의 마음을,
나의 영혼을 너무나 처참하게 부셔놓았다.

"이 정도면 절단해야죠 뭐!"

아..아무리 바쁘셔도 조금만, 조금만 친절히
답변한다면 이 못난 자식의 애타는 마음까지
그토록 도려내고 절단내는 일은 없었을 텐데..

그때 알았다..

하얀 가운을 입은 의사 선생님들이야말로
하얗게 질려버린 가족들의 마음을
하얀 눈처럼 덮어줘야 한다는 것을..

의사 선생님은.. '소통'에
신경 써야 한다는 것을,,*

49 齋

49일 동안..
그냥 헤어지는 것이 아니었구나..
그냥 멀어져 가는 것이 아니었구나..

구름처럼 내 품을 맴돌며
햇빛처럼 내 맘을 비추며
당신은 49일 동안이나 그렇게
아스라히 내 곁에서 머물고 계셨구나..

어쩌면 당신의 생사를 번복할 수 있어서,
어쩌면 내게 슬픔을 삭힐 시간을 주기 위해서
당신은 내 곁에서 그토록 서성대고 계셨구나..

혹시 다음에 오실 생의 형태가 정해지셨다면
그때도 내 어머님으로 오소서..
그 날도 내 아가의 할머니로 오소서..

오늘이 당신 배웅의 마지막 날이 아니라,
당신의 깊은 사랑을 이제서야 깨달은
철부지 자식의 첫날로 내 영원히 기억하리라..*

진짜 만원의 행복..

어르신 노래 봉사가 끝나고..
땀을 뻘뻘 흘리며 음향 장비를 정리하고 있는
내게 살살 다가오시던 할머님…

당신의 고쟁이 깊은 곳에서
꺼내주신 것은

'손수건'이 아니라,
'만 원'짜리 지폐 한장이었다..

봉사하느라 고생 많았다고 전해 주시던
그 만 원의 한장의 따스함, 고마움의 무게가
내 가슴을 요동치게 했다..

할머님에겐 백만 원보다 소중했을 그 만 원은,
그 따스한 마음은,

아직도 내 가슴 속 깊은 곳에
사랑의 이자를 불려가며 고이 간직되어 있다..*

바로 잡음!..

無소식이 희소식?..
소식이 없으면 전화해 봐야 한다.
주변의 고독사가 점차로 늘어나고 있다.

無자식이 상팔자?..
그래도 어릴 땐 애교, 커서는 효도의 기대.
多자녀 정부 지원금도 꾸준히 상승하고 있다.

無념무상?..
천연자원이 충분하지 않는 우리나라는
'생각이 에너지' 그 말이 진짜 정답이다.

규빈이..

지금 내 옆에서 함께 근무하고 있는
강경우 국장의 둘째 아들 규빈이다..

규빈이의 사진을 보고 있노라면
그냥 딱 한 가지 단어만이 생각난다.

"살 인 미 소!"

아빠인 강국장은.. 이 아이의 살인미소를 지키기 위해
지금 '살인적'으로 일하고 있다..*

FAMILY의 어원.
아버지 (Father)
어머니 (Mother)
나는 당신을 사랑합니다 (I love you)
Father And Mother I Love You

이름을 남긴다는 것..

'영화'는 아주 사소한 도움을
사람들의 이름들도 엔딩 크레딧에
차례로 올라가는데,

'광고'는 아무리 정성을 다해 열심히 만들어도
광고주 이름과 제품의 이름만 명기될 뿐

제작물을 만든 스텝과 내 이름은 찾아볼 수 없다..

그래서, 내 이름을 스크린에서 보기 위해
영화 몇 편에 출연했다..

호랑이는 가죽을 남기고,
사람은 이름을 남겨야 하기에..*

영화 '노랑머리' 중 한 컷

공평한 세상..

새로운 발상을 뽑아내느라
머리에 **Think**를 달고 사는 광고인은,
치매에 걸릴 확률이 현저히 낮다고 한다.

그런데..

타 직업 종사자에 비해 평균 수명이
10년이상 짧다..

세상은 공평하니,
그렇게 우울하게 살지 마라..!

광고회사 PC 폴더명..

포스터 시안
최종완료1-복사본
최종완료
진짜최종완료
진짜진짜최종완료
중간저장1
중간저장2
마지막 진짜로1111
마지막 진짜로 12222222222
3333333333마지막
진짜 최종파일

신문사도 **마감** 이 있고,

드라마도 **끝** 은 있고,

야구도 **삼진 아웃** 이 있는데,

광고회사만 '**퇴근**'이 없구나..*

DORYEON(도련)..

광고회사에서 제작물을 인쇄할 때,

원래 사이즈에서 +3~5mm의
〈DORYEON〉이라는 작은 여분을 둔다.

책이 좀더 부드럽게 숨을 쉴 수 있게
하는 공간, 이름하여 〈DORYEON〉..

생각해 보면 우리네 삶도 마찬가지..

너무 각이 잡히면, 너무 여분이 없으면
삶이 빡빡하고 각박할 수 있지 않겠는가?

지금 당신 인생에서도.. 〈DORYEON〉 같은
작은 여백이 필요한 순간은 아니신지..*

"조금은 헐렁하게, 구김도 약간"

– 헌트 카피 중에서 –

파라솔..

파라솔은 기본적으로
휴식일 수밖에 없다.

도레미**파솔라**시도..

생각만 해도 흥겹지 아니한가!

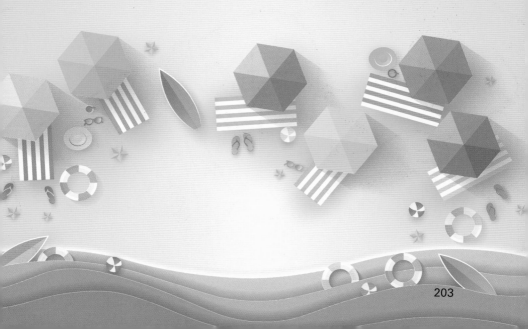

열대야..

밤새 돌던 선풍기가
아침에 눈을 뜬 내게 말했다..

네 몸을 식히기 위해,
내 몸은 얼마나 **뜨거웠는지 아니?**

귀 뚜 라 미..

귀 뚫 어 요.. 귀 뚫 어 요..

귀뚜라미가 그토록 울어댔던 까닭은..

사실은 사람들의 답답하게 막혀있던 귀를

뻥 뚫어 주기 위함이었음을..

귀뚜라미는
귀뚫어요라고
밤새 목놓아 외치고 있었음을.. *

가을, 최고의 Copy..

"집 나간 며느리도 돌아오게 하는 전어!"

사실 전어는 잔가시가 많아 먹기가
조금은 불편하고,

신선도가 떨어지면 비린내가 나는 단점이
있음에도 이 한 마디 명 카피로
단숨에 가을 최고의 명품으로 등극하다!

명 카피의 힘은 시대를 초월한다.

"가을은 독서의 계절!"

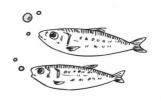

가을은 날씨가 쾌청하여
누구나 외출과 여행을
즐기는 탓에

책의 매출이 크게 부진한 계절이었음에,
출판계 사람들이 지혜를 모아서
내세운 슬로건이 바로

"가을은 독서의 계절"

명 카피의 힘은 시대를 초월한다.

가을 내장산..

내장산의 단풍이 저토록 붉은 까닭은..

누구도 담아낼 수 없는
누구도 흉내낼 수 없는 새빨간 열정을

가슴 깊숙이

내장하고 있기 때문이 아닐까?..*

입동 (立冬)..

'겨울로 들어선다'는 立冬..
동물들이 땅 속으로 들어가
굴을 파고 숨고,

숲 속의 나뭇잎은 떨어지고
푸른 풀들이 메말라 간다는 立冬..

그러나 나는
땅위로 솟아올라 기지개를 좀 펴야겠고!

새로운 희망에 좀 매달려야 하겠고!

배움의 정한수로 목을 좀 축여야겠다!

내게 **입동(立冬)**은
出動의 또 다른 이름일 뿐이다!..*

구세군..

혹시 당신이
구세주로 태어나지도,

전생에서도
지금에서도
나라를 구한 적이 없다면,

오늘 구세군의 냄비라도
크게 울려 볼 생각은
없으신가?..*

우리 구차하게 살지 맙시다~*

210

젊음아.. 제발 그러지 마..

드라마 **슬기로운 감빵생활**에서
삶에 최선을 다했으나 좌절의 벽에 막힌 청춘에게
주인공은 이런 말을 던집니다..

"어떻게 지금보다 더 열심히 사니..
어떻게 더 최선을 다 해..
어떻게 더 파이팅을 해..

너를 힘들게 한 세상이 아파해야 하고,
세상이 더 최선을 다해야지..

세상을 향해 욕을 하든 펑펑 울든 상관없지만,
제발 자신의 탓은 하지 마.."

올 한해 참 열심히 살아내신 당신,

무엇을 이루셨든, 아쉬움이 남으시든 간에
부디 **자신의 탓**은 하지 마십시오..

당신은 올해도 참 용감하셨고, 애쓰셨고,
그래서 제 눈물모아 박수를 보내드립니다..*

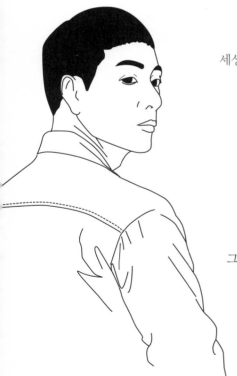

삶도 봅슬레이처럼!..

얼마나 화끈한가?

한번 스타트하면 돌아 갈 수 없다.

U턴 할 수도 없고, 내릴 수도 없다.

**오직 앞을 향해!
결승점을 향해!**

몸과 마음을 다실어 직진할 뿐이다.

진짜.. 너와 나의 인생도 봅슬레이를
닮았으면 좋겠구나..!

달력을 넘기다..

달력을 넘기다가,

날마다 열심히 달려야
한 달이 넘어감을 깨달았다..

生을 힘차게 **달려**야
달力을 넘길 자격이 있음을..

결국 지구에 사는 우리들은,
지구力을 길러야 함을..*

조만간 만나서..

"우리 조만간 만나서 한잔 하자.."

조(일찍 早)
만(늦을 晚)

우린 너무 **만**에다 방점을 찍고
사는 건 아닐까요?

올해는 부디
조에다 힘을 주고!

부지런히 자주 만나는
반가운 한 해가 되자구요!..*

롤케익..

신년에 찾아 온 후배가 사온
롤케익을 먹다가,,

난 이 후배의 롤모델이
되어야겠다는 생각이 들었다..

함께 먹는 것도 좋지만,
함께 이루는 것이

롤로랄라~
더 맛있는 인생일 테니까..!

기다리면 기회는 온다..

신과 함께 영화 시작 전에
익숙치 않은(?) 배급사 로고이미지가
스크린에 나타났다..

지금까지 단 한번도
천만영화와 인연이 없었던

**롯데엔터테인먼트..*

드디어 그 숙원을 속시원히 풀었다!..*

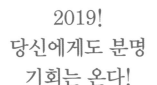

2019!
당신에게도 분명
기회는 온다!

털 탈 틀

감히 새해 하늘에 바라옵기는..

지난 해 못내 아쉬웠던 기억.. 털털털
털어버리게 하시고!

허무한 가식과 허상의 가면.. 탈탈탈
탈을 벗어던지게 하시고!

세상에 선한 영향력을 전하는.. 틀틀틀
틀을 갖추게 하여 주옵소서!..*

그 많던 거북이는 다 어디로 갔을까..

우린 거북이예요..

아시다시피,
커다란 몸집의 공룡 친구들은 모두 멸망했어도
우리들은 당신들 곁에서 아름답게 살아남았죠.

아시다시피,
날렵하기 이를데 없는 토끼와의 경주에서도 승리하여
당신의 자녀들에게 용기와 꿈을 심어주었죠.

우리는,
생태계 정화를 위해
날마다 바다 속에서 청소를 하였고,
이름모를 친구들의 휴식 터전을 위해
매일같이 땅을 판 죄밖에 없습니다..

허나 당신들이 무심코 사용하다 버린
플라스틱 한 조각이
우리들의 숨통을 막고 목을 졸라서
이제 더 이상 살아갈 수가 없네요..

헌 집을 받고 새 집을 준 친구들처럼,
아픈 당신을 구하기 위해
그 험한 바닷길을 헤엄쳐 간 우리가,
너무나 배가 고파 삼켜버린 플라스틱 한 조각 때문에
지구와 영영 헤어져야 한다니
너무도 허망하네요..

때론 느리게 사는 법, 더디게 사는 법을 알려줬던 우리가,
먹을 게 없어서 삼켜버린 그 놈의 플라스틱 한 조각 때문에
당신들과 영영 이별해야 한다니
참으로 안타깝네요..

당신들이 우리보다 오래오래 장수할 생각이라면,
그 놈의 플라스틱.. 먹지 마세요..
우리에게 양보하세요.. *

오월의 공기 혹은 시월의 햇빛..

당신에게도 좋아하는 사람이 있었나요.
들락날락 서로의 따순 심장을 호흡하며
해맑은 웃음으로만 반짝거리던
당신에게도 그런 별 같은 날들이 있었나요

주고 또 주었는데도 모자라게만 느껴지고
오래도록 꽁꽁 숨겨놓았던 고운 마음의 땅,
그 한 평까지도 아낌없이 내어주던
당신에게도 그런 해 같은 사람이 있었나요

아마 짐작도 못하셨을 걸요.
당신이 머물다 떠난 자리가 얼마나 크고 깊은지
이렇게 오랜 시간이 흘렀음에도
맴맴 제자리를 돌고 있는 보고픔..

허나 지울 수 있다고 지워지는 사랑이라면
그건 이미 그리움이 아닌 노여움,
아름다운 추억이 아닌 배반의 기억일 테죠.

누군가를 좋아하는 황홀함이란
오월의 향긋한 공기, 혹은
시월의 따스한 햇볕과 닮았기에,

당신을 향한 변치 않는 이 마음 때문에
내 곁으로 꼭 돌아올 것이란 이 믿음 때문에,

나의 하루는 5월의 그 날처럼, 10월의 어느 날처럼
그저 싱그럽고 탐스럽기만 하네요..*

"이 책이
외로움이 그리움에게 다가와 속삭인 말들로만
가득 채워져 있기를.."

처음엔 '발상의 전환'쪽이나
'명품 프레젠테이션'과 관련한
책을 쓰려고 했습니다.
그게 저의 〈강연 분야〉니까요.

하지만 작곡자가 악상이 떠오르듯,
틈틈히 메모해 놓았던
제 일상의 깨우침, 저의 발칙한 감성들이
어느덧 한 가득 모아졌기에
이렇게 소박한 서적으로 묶어보았습니다.

훈풍처럼 부드럽고 때론 사이다처럼 톡톡 쏘는 저의 斷想들이,
일상에 지친 여러분의 어깨와 가슴을
가을 바람처럼 보드랍게 일깨워 주고
겨울 햇살처럼 따스하게 어루만져 주었으면 좋겠습니다.

'힐링, 자극, 공감, 웃음, 위로' 등
다채로운 빛깔의 흥미로움이 감히 귀하의 구멍난
감성 세포를 막아주고 무뎌진 감각을 재생시켜 주었으면 좋겠습니다.

그중에서도
이왕이면 우리 〈늘 깨어 있자!〉라는
당연한 話頭를 잊지 않으셨으면 하는 바램을 전하면서,

책을 펴시는 동안 여러분의 얼굴도 활짝 펴지시길 소망해 봅니다.

이 책을 준비하고 세상에 내놓는 동안
큰 도움을 주신 감사한 분들이 너무 많아서
이 지면에 모두 담을 수 없어,
개인적으로 감사 인사 드렸습니다.

참 고맙습니다.

카피라이터가 써내려간 감성에세詩

나 그대 잊는 법을 잊었노라

초판 인쇄 2018년 11월 9일
초판 발행 2018년 11월 11일

지은이 문 영
디자인 (주)레드코뿔소 커뮤니케이션 디자인팀
펴낸곳 출판이안

펴낸이 이인환
등 록 2010년 제2010-4호
주 소 경기도 이천시 호법면 이섭대천로 191-12
전 화 031)636-7464, 010-2538-8468
인쇄감리 ㈜레드코뿔소 커뮤니케이션
이메일 yakyeo@hanmail.net

이 도서의 국립중앙도서관 출판시도서목록(CIP)은 서지정보유
통지원시스템 홈페이지(http://seoji.nl.go.kr)와 국가자료공동
목록시스템(http://www.nl.go.kr/kolisnet)에서 이용하실 수
있습니다.(CIP제어번호: CIP2018033173)

ISBN : 979-11-85772-57-8 03810
가격 14,000원